LEUR MARIÉE VOLÉE

LA SÉRIE DU MÉNAGE BRIDGEWATER - 7

VANESSA VALE

Copyright © 2020 par Vanessa Vale

Ceci est une œuvre de fiction. Les noms, les personnages, les lieux et les événements sont les produits de l'imagination de l'auteur et utilisés de manière fictive. Toute ressemblance avec des personnes réelles, vivantes ou décédées, entreprises, sociétés, événements ou lieux ne serait qu'une pure coïncidence.

Tous droits réservés.

Aucune partie de ce livre ne peut être reproduite sous quelque forme ou par quelque moyen électronique ou mécanique que ce soit, y compris les systèmes de stockage et de recherche d'information, sans l'autorisation écrite de l'auteur, sauf pour l'utilisation de citations brèves dans une critique du livre.

Conception de la couverture : Bridger Media

Création graphique : Period Images; fotolia.com- Jag_cz

OBTENEZ UN LIVRE GRATUIT !

Abonnez-vous à ma liste de diffusion pour être le premier à connaître les nouveautés, les livres gratuits, les promotions et autres informations de l'auteur.

livresromance.com

PROLOGUE

Mary

« A QUATRE PATTES, MA CHÉRIE. »

L'homme se tenait à côté du lit, nu comme un ver, et caressait son sexe en érection. Un fluide clair s'écoulait de la pointe et le sourire diabolique sur son visage montrait qu'il passait un agréable moment. Il était séduisant, fin, musclé, et ses joues étaient assombries par une barbe taillée.

La femme eut un petit sourire faussement modeste et fit ce qu'il demandait. Elle ne portait qu'un corset couleur rouge sang dont les premières attaches étaient défaites, laissant déborder ses seins plantureux.

Je me tenais dans la pièce attenante, et regardais par un trou dans le mur, les mains posées sur la cloison. Chloé, une des nombreuses putains du Briar Rose se tenait à mes côtés, nos épaules l'une contre l'autre alors qu'elle espionnait par son propre judas.

La prostituée, désormais à quatre pattes, leva les fesses

en arrière en les secouant, invitant l'homme à regarder sa chatte. Bien qu'aucun des deux protagonistes ne soit timide et que l'un d'eux soit même un professionnel, quelque chose suggérait que ce n'était pas leur première fois ensemble.

Cela faisait plusieurs mois que j'espionnais avec Chloé et je savais reconnaître ce genre de choses. Oui, je connaissais les termes appropriés pour désigner le membre d'un homme, l'intimité d'une femme et bien plus encore. Queue, chatte, cul, sperme. Ces mots ne me paraissaient plus crus ou salaces. Je m'étais rendue au bordel, innocemment la première fois, pour apporter des vêtements de seconde main collectés par l'Armée du salut. J'y avais rencontré Chloé et j'étais revenue par amitié. Et, admettons-le, parce que j'étais curieuse de découvrir ce qui se passait dans une maison-close. Ce qui se passait entre un homme et une femme.

J'haletai quand l'homme lui donna une fessée, laissant une marque rose s'imprimer sur sa peau claire.

« Tu vois, Nora aime ça, » chuchota Chloé.

Nul doute que la prostituée connaissait l'existence de ces judas de fortune, mais l'homme qui avait payé pour profiter de la plantureuse Nora l'ignorait. Ils servaient de mesures de sécurité—les hommes étant imprévisibles et parfois cruels—mais je les trouvais fort utiles pour espionner. Miss Rose, la matrone, semblait s'accommoder de mes activités raisonnablement innocentes tant que je restais cachée.

« Elle aime se faire fesser ? » murmurai-je en retour. Je voyais bien que c'était le cas, avec son air surpris et ses yeux flous. Moi aussi j'aimais ça, mais je ne pouvais pas le dire à Chloé, ni à quiconque. L'idée-même qu'un homme vienne frapper mes fesses nues me rendait humide entre les cuisses et faisait palpiter ma féminité, tout comme Nora.

Sa chatte était toute rose, et gonflée, et luisante de son excitation. La mienne devait l'être tout autant. J'avais envie qu'un homme me fasse la même chose. Pas le même homme qui s'affairait avec Nora, mais *un* homme. Mon homme, qui que ce soit. Moi aussi je voulais regarder par-dessus mon épaule avec un air de fausse-modestie, voir son sourire diabolique en retour. Je me mordis la lèvre pour étouffer un gémissement quand il la fessa de nouveau, le bruit de sa main sur sa peau résonnant à travers le mur.

J'avais déjà vu des putains faire semblant de prendre du plaisir avec des hommes, feignant leur excitation en échange d'argent. Mais Nora n'avait pas besoin de feindre quoi que ce soit avec celui-ci. Plutôt que d'enfouir son membre en elle—de la baiser, comme aurait dit Chloé—il s'agenouilla au bord du lit et posa sa bouche sur elle… là en bas.

« Oh mon dieu, » murmurai-je. Chloé étouffa un petit rire entre ses doigts. Je regardai mon amie, tout en boucles rousses et aux joues rosies, et je sus que j'avais les yeux grands ouverts. C'était nouveau.

« Il aime sa chatte, » murmura-t-elle.

Je remis l'œil contre le judas en entendant un cri de plaisir de Nora. Il léchait la chair de son intimité, l'aspirant, la mordillant aussi. Oh mon dieu. Sa barbe commençait à luire de son excitation.

« C'est ça ma chérie, jouis pour moi, lui dit l'homme. Jouis sur mes doigts et après je te baiserai. »

— Oui ! » cria Nora. L'homme essuya sa bouche de sa main libre et fit un va et vient dans sa chatte avec son doigt sur lequel elle se contractait.

Impossible de ne pas me tortiller en regardant cet

homme donner autant de plaisir à Nora. Il était tellement impatient de la voir jouir qu'il temporisait son propre plaisir. J'avais envie de ça, d'un homme qui me ferait passer avant lui-même.

L'homme la fessa de nouveau. Sa queue était gonflée et luisante, attendant manifestement sa libération. « Maintenant, ma chérie. Maintenant. »

Et Nora obéit, criant son propre plaisir. L'expression de son visage semblait extatique. Un abandon des plus sauvages. Elle ne pensait à rien d'autre que le plaisir que l'homme arrachait à son corps. Le sourire de ce dernier en disait son long sur le pouvoir exercé sur son corps.

Mon dieu que j'en avais envie, cruellement. Mais je n'étais pas une putain du Briar Rose. J'étais l'héritière d'un géant du cuivre et je n'aurais même pas dû savoir ce que baiser voulait dire. Je n'aurais même pas dû connaître ce mot. Mais c'était le cas. Cela faisait-il de moi une dévergondée ? Probablement, mais ma vie était si morne, si stricte et si ennuyeuse que mes visites à Chloé et la découverte d'un tout autre monde étaient mes seules sources d'amusement. D'espoir.

D'espoir qu'il y aurait un homme quelque part qui me désirerait comme cet homme désirait Nora. Je voulais être sauvage, pas guindée. Je voulais partager mes désirs les plus secrets avec une personne qui saurait les assouvir, pas les écraser sous le talon de la bonne société.

J'en voulais plus que je n'en aurais jamais de la part du futur mari qu'on m'avait désigné. Si mon père allait au bout de son idée, ce serait Mr Benson et lui ne me fesserait jamais, ni ne lécherait ma chatte, ou même me prendrait par derrière comme l'homme avec Nora. A la place, je serais allongée sur le dos, il ferait sombre et Mr Benson relèverait ma chemise de nuit pour profiter de moi, me remplir de sa semence. Ce serait désagréable, collant et gênant ; je n'y trouverais aucun plaisir. Je n'y trouverais... rien.

Quand l'homme et Nora eurent trouvé chacun leur propre plaisir, dans une démonstration particulièrement sonore, Chloé et moi reculèrent du mur. Une autre putain, Betty, passa la tête dans l'encadrement de la porte. « Mary, ton prétendant est là, murmura-t-elle.

— Mr Benson ? » Mon cœur manqua un battement à l'idée qu'il ait pu me voir. Hautement improbable mais tout autant perturbant. « Il est ici ? »

L'idée de voir mon futur mari baiser une autre femme me donna la nausée.

Betty hocha la tête, sans entrain. « Oui, et il a apporté un fouet pour Tess. »

Chloé me regarda et me suivit quand je courus après Betty. La panique m'envahit en pensant à ce que j'allais voir à travers cet autre judas, et que si j'étais mariée à Mr Benson, je serais loin d'avoir le même plaisir que Nora venait de trouver avec cet homme.

1

Mary

Le sifflement du train me fit sursauter alors que je descendais sur le quai.

« Prenez garde, Miss Millard, » dit Mr Corbin en me prenant gentiment par l'épaule jusqu'à ce que je repose le pied sur la terre ferme. Malgré la chaleur, je pouvais sentir la douceur de son geste à travers ma manche.

Le quai de la gare de Butte était bondé, des gens y descendaient après un long voyage depuis l'Est. Les futurs mineurs étaient impatients de trouver leur propre veine de cuivre et de faire fortune dans une des villes les plus riches du moment.

Je ne partageais pas la même impatience, je n'arrivais que de Billings, pas de Minneapolis ou même Chicago, et j'avais vécu toute ma vie à Butte. La ville m'était familière et j'avais perdu l'espoir qui habitait les autres. Bien sûr, je n'avais pas besoin de travailler pour gagner ma vie. Pas parce que j'étais une femme, mais parce que mon père était plus riche que Crésus. Ses propres mots, pas les miens.

Ainsi les voyages à travers le Montana étaient trop courts, et je n'étais pas prête à retourner auprès de mon père et ses intentions. Bien que passer le mois chez ma grand-mère était loin d'être excitant, cela m'avait au moins permis de retarder ce que je considérais comme inéluctable. Je mourrais d'envie de faire demi-tour et de reprendre le train, laisser Butte derrière moi et filer vers de lointaines contrées.

La main de Mr Corbin resta sur moi plus longtemps que nécessaire. Je me retournai pour regarder l'homme—l'un des deux qui s'étaient montrés doux et attentionnés pendant le voyage. Nous avions discuté aimablement pendant des heures et ils—lui et son ami, Mr Sullivan—m'avaient escortée vers le wagon-restaurant pour le déjeuner pour que je n'aie pas à rester seule. Cela n'avait rien eu d'une épreuve que de passer un peu de temps avec deux hommes séduisants.

Avec ses cheveux blonds et son sourire en coin, Mr Corbin faisait certainement tourner les têtes où qu'il aille. Il avait clairement fait tourner la mienne. Tout comme son ami Mr Sullivan. J'avais passé des heures à débattre en silence lequel me plaisait le plus. Préférais-je un blond ou un brun ? Un volubile ou un énigmatique ? De toute manière, tous les deux s'étaient comportés en vrais gentlemen. Malheureusement.

Même en cet instant, avec sa main posée sur mon coude au bout du quai, Mr Corbin veillait à conserver une distance convenable et se montrait prévenant. Personne ne remettrait en question son côté chevaleresque. Il ne faisait rien de mal, mais j'en voulais plus... les attentions d'un homme envers sa femme. Je voulais ressentir cette connexion, ce lien plus intime que je lisais dans les yeux de mes amies et leurs époux. Les regards échangés en secret, les caresses, leurs mains unies. J'avais aussi envie qu'on me prenne avec une grande sauvagerie. De me faire baiser, comme Chloé disait.

Mais ces hommes me voyaient comme une dame et je n'avais pas le droit d'avoir une telle attitude dévergondée. Zut.

Malheureusement, la main de Mr Corbin sur mon coude serait le seul contact que je recevrais de lui. J'avais pourtant envie qu'il m'en donne davantage. Je voulais sentir sa peau contre la mienne, pas à travers le tissu de ma robe.

« Merci, » murmurai-je, souhaitant qu'il me passe sa main dans le dos, qu'il retire les épingles de mes cheveux, qu'il défasse les attaches de mon corset. Comme j'étais vierge, j'étais censée ne rien savoir de ce qu'un homme pouvait faire après l'avoir retiré, mais je le savais pourtant. Pas au sens pratique, mais j'en avais assez vu de ce qui se passait entre un homme et une femme pour avoir envie de la même chose. C'est Chloé qui avait attisé ma curiosité sur les caractères mâles et il semblait que j'avais été bien corrompue. Bien que souillée, je conservais ma vertu.

Si mon père apprenait mes visites au Briar Rose et mon amitié avec Chloé, ou encore ce qu'elle m'avait montré, il ne me laisserait plus sortir. Il m'enverrait certainement au couvent en bordure de la ville, chez les sœurs de l'Immaculée Conception, jusqu'à savoir que faire de moi.

J'avais aussi découvert que mon existence protégée s'accompagnait d'une vision déformée et préconçue des filles comme Chloé. Les dames de l'Armée du salut avaient dit que les prostituées étaient pauvres alors qu'elles gagnaient bien leur vie et n'avaient pas besoin des vêtements de seconde main que je leur apportais. J'avais aussi découvert que les hommes que mon père avait fait défiler devant moi n'avaient rien de gentlemen. J'en avais reconnu plusieurs à travers les judas de l'établissement. Ce que j'avais vu aurait fait défaillir les dames de l'Armée du salut. Mais cela m'avait rendu très mouillée entre les cuisses et impatiente des attentions d'un homme.

Grâce à mes observations secrètes, j'avais vu le vrai Reginald Benson, l'homme qui remontait le quai dans ma direction accompagné de mon père, et ce n'était pas un homme dont je souhaitais recevoir les attentions. Sachant ce qu'il avait fait à Tess, je ne voulais même pas me trouver sur le même quai que lui. Je frémis en repensant à ses cris pendant qu'elle se faisait fouetter. Heureusement, Chloé avait raconté que Big Sam était venu à sa rescousse et qu'elle s'en remettrait. Mr Benson avait été à jamais banni du Briar Rose, mais cela ne signifiait pas qu'il changerait ses manières. Il trouverait simplement quelqu'un d'autre à torturer. Et si je me mariais avec lui...

Et pourtant, il semblait avoir gagné les grâces de mon père et ils marchaient tous les deux vers moi. Soit mon père ignorait les penchants cruels de l'homme, soit il s'en moquait.

« Oh mon dieu, » murmurai-je. Mon père voulait me caser avec Mr Benson. Ils ne viendraient pas me chercher tous les deux à la gare—ensemble—sinon. De la bile monta dans le fond de ma gorge en réalisant que je serais celle qui unirait les deux plus grandes mines de la ville, chacun possédant l'une d'entre elles.

Je n'irais pas au couvent ; j'allais me marier avec Mr Benson, et rapidement.

Je ne pouvais pas laisser faire une chose pareille. Je ne survivrais pas à la cruauté du fouet ni à toute autre horrible chose que Mr Benson avait en tête. Il n'y aurait personne pour me secourir. Pas de Big Sam. En tant qu'épouse, je pouvais être battue—ou pire—sans aucun recours. Je serais sa chose. Je frémis à cette idée et serrai le bras de Mr Corbin.

Oui, c'était un geste impétueux et désespéré. Mais dans moins d'une minute, ils me trouveraient et m'emmèneraient.

Je le regardai frénétiquement. « Je... J'ai besoin de votre aide. »

Mr Corbin ouvrit grands les yeux en regardant la manière dont je me cramponnais à lui, regardant autour de lui pour détecter d'éventuels dangers. Il me plaça derrière lui pour me protéger.

« Que se passe-t-il, ma chérie ? » demanda-t-il, quand ses grands yeux clairs croisèrent enfin les miens. Je déglutis, il était beaucoup trop attirant et inquiet à la fois. Un tel instinct protecteur n'était pas passé inaperçu, pas plus que le terme affectueux qu'il avait employé.

« Mon père est venu me chercher, avec un homme dont... je ne souhaite pas recevoir les attentions. »

Il parcourut le quai du regard. Malgré la confusion qui régnait, je savais qu'il repèrerait le duo à ma recherche. J'étais pour une fois reconnaissante que Butte soit aussi agitée.

« L'un ressemble à un poêle pansu et l'autre a des cheveux noirs et une moustache ? » demanda-t-il.

J'acquiesçai et gardai la tête tournée, frissonnant à la description de Mr Benson. Mr Corbin se retourna de sorte que son corps empêche les deux hommes de m'apercevoir, me laissant encore quelques instants de répit. Il était si grand que j'étais bien dissimulée derrière son large torse. Je lui arrivais à peine à hauteur d'épaule. Je me sentais protégée et étrangement en sécurité.

« Oui. Il y a tant à dire et si peu de temps, mais mon père veut me marier à l'homme à la moustache.

— Et ce n'est pas votre souhait ? » Il parlait d'une voix basse, profonde et calme, contrairement à moi. Mes paumes étaient moites et mon cœur battait frénétiquement dans ma poitrine.

Je frissonnais à l'idée de devenir la femme de Mr Benson. « Je ne... je ne supporterai pas qu'il me touche. »

Mr Corbin sembla devenir plus grand, plus alerte. « S'il a fait quoi que ce soit d'inapproprié, je le tuerai. »

Ses mots tranchants comme une lame de rasoir me firent esquisser un sourire, mais je craignis qu'il ne soit sincère. Je n'avais pas peur qu'il tue quelqu'un, au contraire, je le trouvais protecteur et rassurant.

D'un bref regard par-dessus l'épaule de Mr Corbin, je les vis se rapprocher. « Faites comme si vous étiez mon prétendant, » dis-je à la hâte. L'idée était grotesque, mais c'était la seule qui m'était venue. Cela pouvait fonctionner, Mr Corbin avait le bon âge, il n'était pas marié—ou du moins n'avait pas mentionné sa femme pendant notre trajet en train—et avait un statut social le rendant crédible auprès de mon père et de Mr Benson.

Ce fut son tour de sourire. « Quand on me demande en mariage, j'attends au moins que la personne mette un genou à terre. »

Dans une petite moue, je luttai contre sa désinvolture dans un moment aussi fatidique. « Mon père veut me marier à cet homme pour étendre son emprise sur les mines. Je serai la troisième femme de cet homme, la première est morte en mettant un enfant au monde et la deuxième a mystérieusement disparu. »

Tout amusement disparut du visage de Mr Corbin.

« Votre aide permettra de retarder ce qui semble inéluctable, mais cela me laissera le temps de m'enfuir.

— Vous enfuir ? » demanda-t-il d'une voix glaciale.

— J'ai gagné du temps en passant un mois avec ma grand-mère à Billings, mais les deux hommes sont impatients. Ils ne seraient pas venus me chercher à la gare sinon. Ils n'ont pas pour habitude de s'occuper d'autrui.

— Vous les craignez à ce point ? » demanda-t-il. Ses yeux parcouraient mon visage comme pour y lire la vérité. »

Je déviai mon regard vers les boutons de sa chemise pour ne pas avoir à le regarder dans les yeux, « Peur de lui ? » J'acquiesçai. « Absolument. Je l'ai vu en compagnie de prostituées et je sais que nous ne sommes pas... assortis. Nos désirs sont à l'opposé les uns des autres. »

Le temps manquait pour m'étendre sur la cruauté de Mr Benson.

Mr Corbin arqua un de ses pâles sourcils. « J'adorerais entendre le récit de vos désirs, mais une autre fois. » Il regarda derrière lui. « Si votre père est à ce point déterminé à vous marier à cet homme, un fiancé ne l'en empêchera pas. Je reconnais votre nom ma chérie, et celui de votre père est puissant dans la région. »

Je baissai les épaules et des larmes me montèrent aux yeux. Personne ne s'opposerait à Mr Gregory Millard. Dès que mon père m'aurait trouvée, je serai condamnée à épouser un homme affreux. La seule idée de Mr Benson nu et me chevauchant, me touchant, me baisant, me faisant mal, me fit grimacer.

« Que se passe-t-il ? » Mr Sullivan venait de descendre du train et se tenait à côté de nous. Il était le compagnon de voyage de Mr Corbin et s'était joint à nous dans notre discussion et notre repas. Il était à plus grand que Mr Corbin et bien plus intimidant.

Côte à côte, leurs larges corps me protégeaient du soleil, et, espérons, de mon père.

J'avais appris qu'ils venaient de la ville de Miles et qu'ils descendaient également à Butte, avant de poursuivre à cheval jusqu'à Bridgewater. J'avais entendu parler de cette communauté à quelques heures de cheval de la ville, mais n'avais encore jamais rencontré de ses membres.

Je levai les yeux vers Mr Sullivan, tout en cheveux sombres et en décontraction. Il posa deux sacoches de cuir à ses pieds. Alors que Mr Corbin était souriant, Mr Sullivan semblait plus renfermé. Il était difficile de deviner ses pensées, de déterminer s'il avait trouvé ma présence à table pesante ou pas. Il s'était contenté de me regarder. Ça avait été pour le moins déstabilisant, comme si cet homme pouvait voir en moi jusqu'au moindre secret. Dans le wagon restaurant, Mr Corbin avait donné une grande claque dans le dos de son ami en riant de son austérité.

« Miss Millard ne souhaite pas se laisser courtiser par l'homme qui approche avec son père. Elle a demandé à ce que je joue à être son prétendant, mais cela ne marchera pas. »

Mr Sullivan observa la foule et bien que je ne puisse pas voir, je sus le moment où il les avait repérés. « Benson. Merde, vous devez épouser Reggie Benson ? »

J'ouvris grand la bouche et pas à cause de son langage grossier. Bien qu'aucun d'entre eux ne semble dans le besoin, ils n'étaient pas habillés à la dernière mode comme les puissants de la région. Ils ne semblaient pas du genre à s'associer à Mr Benson, mais je pouvais me tromper. Qui étaient-ils ? Je devais être folle pour rechercher leur aide.

Je m'éclaircis la voix et croisai le regard sombre de Mr Sullivan. « Oui, mon père insiste lourdement pour étendre son empire minier. Comme Mr Benson possède la Beauty Belle, je suis sûre de ses intentions. »

Mr Sullivan hocha la tête d'un air décidé. « Alors nous allons le tuer. »

Avant même que je puisse bafouiller une réponse à cette violente solution qu'ils proposaient pour régler mon problème, Mr Corbin prit la parole. « J'ai déjà fait cette proposition. »

Mr Sullivan grogna. « Parker a raison, Miss Millard. Un fiancé ne dissuadera pas Benson. »

Mais quelle idée. Je regardai mes pieds, dégoutée. Aucun doute que je serais mariée à Mr Benson dans le mois à venir. M'éclaircissant la voix, je fis mon sourire le plus forcé. J'étais plutôt douée pour feindre la joie. « Oui, je comprends. C'était une idée saugrenue. Merci de m'avoir fait passer le temps dans le train mais je— »

Mr Sullivan me coupa la parole. « Un fiancé ne le dissuadera pas, répéta-t-il. Mais un mari, oui. Pas Parker. Sur le papier, vous devriez être légalement mariée avec moi.

— Je vous demande pardon ?

— S'il est comme vous le décrivez, je ne peux décemment pas vous laisser l'épouser. »

Je jetai un œil à Mr Corbin qui acquiesçait de la tête.

Le choc transpirait même de ma voix. « Oui, et vous m'épouseriez à sa place ? »

Mr Sullivan posa un doigt sur mes lèvres et mes yeux s'ouvrirent à ce contact osé.

Il sourit alors, largement et diaboliquement. « Oui, exactement. A bon entendeur, je ne suis pas comme Benson. J'aurai des besoins mais sans jamais vous contraindre. Épousez-moi et je vous protégerai de ma vie. »

Si ses doigts n'avaient pas retenu mes lèvres, ma bouche en serait tombée grande ouverte, prise au dépourvu par tant de véhémence.

2

 ARKER

A l'instant où Miss Millard était montée dans le train à Billings, j'avais su que c'était elle, l'élue, l'unique. Bien que le porteur l'ait suivie pour convoyer son petit sac, elle avait chancelé dans la coursive quand le train était reparti. Elle avait balancé ses mains d'un siège à l'autre pour garder l'équilibre. J'avais bondi de mon siège, arrachant Sully au livre posé sur ses genoux pour lui monter la femme que nous allions épouser.

Sa robe était coupée à la dernière mode, une soie vert pâle et brillante, mais qui ne serait pas aussi douce sous mes doigts que la peau de son cou. Je n'avais pas besoin d'être une femme pour reconnaitre le style en vogue ou le prix des tissus. Son petit chapeau posé sur ses boucles blondes était parfaitement assorti. L'ensemble était parfaitement convenable, des longues manches jusqu'au col haut, mais ne cachait en rien ses courbes lascives.

Pour une femme aussi petite—elle m'arrivait à peine à hauteur d'épaule—elle avait des seins rebondis et de larges hanches. Elle était voluptueuse, un rien moins que pulpeuse mais c'était comme ça que j'aimais les femmes. Quand elle chevaucherait ma queue, et ce n'était qu'une question de temps, je pourrais saisir ses hanches rebondies. Quand je la fesserais, et vu son apparence aimable, ce serait plus par plaisir que par punition, elle frémirait sous ma paume et prendrait une adorable teinte rosée. Ses seins rempliraient généreusement mes mains. Et j'imaginais déjà ses yeux, dévorés par la passion, quand je tirerais sur ses tétons pointant.

Je m'avançai pour prendre son sac au porteur avant de lui glisser une pièce tirée de ma poche. Dans un petit signe de tête, il tourna les talons et s'éloigna vers l'arrière de la voiture. Ayant déposé son sac sous le siège, je lui fis signe de venir s'asseoir en face de nous. Bien que le wagon ne soit pas plein et qu'elle aurait pu choisir toute autre place, je lui avais ôté cette possibilité. Ses bonnes manières lui intimaient d'accepter. Sully se leva par galanterie, prenant garde à baisser la tête, il était si grand, et lui fit signe de nous rejoindre. Un petit signe de tête était tout ce qu'il avait fallu pour que je ressente son approbation.

En moins d'une minute, nos vies avaient basculé. Inéluctablement. La jeune beauté aux cheveux blonds serait à nous. Et ainsi nous lui avions parlé depuis Billings jusqu'à Butte. Ou plutôt, je lui avais parlé. Sully parlait peu mais avait passé son temps à la regarder de près. J'avais remarqué la courbure de ses lèvres quand elle souriait, chaque tâche de rousseur de son nez, la courbe insolente de son oreille. Nous avions parlé de tout, de sa visite à sa grand-mère, à ses lectures, sans oublier la politique dans le territoire du Montana. Elle était cultivée, manifestement bien élevée.

Bien que ma queue ait envie de son corps, j'étais ravi de voir qu'elle était un esprit aussi affûté que bienveillant dans un emballage tout autant délicieux.

Il était facile de fantasmer sur elle en écoutant sa voix douce, comment celle-ci crierait mon nom quand je lui donnerais du plaisir, comment elle supplierait Sully de la prendre. Plus fort. Plus profond. Plus vite.

Heureusement, un troupeau d'élans était apparu au loin. Pendant qu'elle les avait regardés, j'en avais profité pour remettre ma queue en place, celle-ci étant sur le point d'éclater dans l'étroitesse de mon pantalon. Sully s'était contenté de grimacer.

Et alors, une fois arrêtés à Butte, et après que je l'aie aidée à descendre du train, j'avais été ravi qu'elle se tourne vers moi. A cet instant, je ne savais pas qu'elle paniquait, mais je la considérais déjà comme mienne et je résoudrais le moindre de ses problèmes. Tout comme Sully. Quand j'avais découvert qui elle était, l'héritière d'un des grands noms du cuivre et que son père indélicat la destinait à un odieux arrangement, mes instincts protecteurs avaient pris le dessus. Quand j'avais découvert qu'elle était sur le point d'épouser cet enfoiré de Benson, je fus reconnaissant que Sully nous ait rejoints.

Benson était impitoyable. Un affairiste véreux qui faisait passer l'argent avant les gens. Ses mines n'étaient pas sûres, les éboulements y étaient dangereusement fréquents, sachant qu'un homme était facilement remplaçable par deux autres tout autant désespérés. Le cuivre était extrait à un rythme qui faisait de lui un homme encore plus riche que les propriétaires de la voie ferrée. Estimant la fortune du père de Miss Millard, j'en conclus qu'il devait être encore plus riche.

Rares étaient les hommes ayant un sens des affaires

aussi poussé, utilisant leurs mineurs comme des pions, et même leurs filles innocentes pour agrandir leur empire. Notre conversation avait réchauffé le cœur de Miss Millard et l'avait fait rire. Je savais qu'elle deviendrait une épouse craintive si elle épousait Benson. Il n'y aurait ni humour, ni tendresse, ni amour. Il la baiserait certainement, mais sans qu'elle ne ressente une once de plaisir ou de désir. Benson avait survécu à deux femmes et à toutes les prostituées de Butte. Il était connu pour son infâme cruauté—assez pour que Miss Millard en ait eu vent—et seules les plus blasées aux penchants les plus sombres pouvaient apprécier ses pratiques.

Miss Millard avait tout d'une femme passionnée, je n'en avais aucun doute. Ce serait notre plaisir que d'éveiller le sien. De découvrir ce qu'elle aimait, ce qui la ferait balbutier mon nom, crier celui de Sully pendant que nous la baiserions. Mais seule une bague à son doigt et notre besoin de la protéger de Benson pourrait le garantir. Elle devait s'attendre à un arrangement temporaire, et dans sa panique, elle ne pouvait se rendre compte que *temporaire* était exclu. Un engagement à court terme ne ferait que reculer les projets de son père. Un *vrai* mariage était la seule manière d'empêcher l'inévitable.

Et elle aurait un vrai mariage. Sully serait son mari, il assurerait mieux sa protection que moi. C'était une décision aussi hâtive que sensée, de lui laisser le volet juridique de notre union. En devenant son mari, il la protégerait de Benson et de son père, par la seule force de son nom. Avec son histoire et sa notoriété, personne n'oserait interférer.

Quand il la préviendrait qu'il n'était pas comme Benson, qu'il lui formulerait des demandes, alors seulement elle en découvrirait la nature. Cela impliquait juste de laisser deux mâles dominants prendre le contrôle de son lit, et de quelques autres endroits. Certes, Benson aurait exercé le contrôle sur sa femme, mais sans amour. A partir de ce moment, Miss Millard serait le centre de notre attention et se retrouverait là où était sa place, entre nous deux.

Quand Sully ôta son doigt de sa bouche, il se pencha pour lui dire. « Souris mon amour. Tu n'es plus seule désormais. »

C'était vrai. Elle ne serait plus seule. Elle ne serait plus seule face à son père et serait préservée des types comme Benson. Ils ne pourraient plus la toucher. Ni physiquement, ni émotionnellement.

S'unir à deux hommes n'était pas une norme sociétale, surtout pas à Butte. Dans le ranch de Bridgewater, c'était pourtant le standard. Tout le monde se mariait ainsi : deux —voire plus—hommes pour chaque épouse.

« Je ne connais même pas votre prénom, » murmura-t-elle, offrant à Sully, un bref regard avant de faire face aux deux hommes qui s'approchaient. Je regardai ses mains lisser les plis de sa robe, en se mordillant la lèvre de nervosité.

« Sully. » Il passa sa main le long de son bras. « Ne t'inquiète pas ma chérie. Nous prendrons soin de toi. Toujours. »

Après une profonde inspiration—qui fit gonfler ses seins sous sa robe—elle rejeta ses épaules en arrière et leva le menton comme une reine. Je sentais sa nervosité et sa peur, mais elle les cachait bien. Je me demandais simplement dans quel cadre elle avait été amenée à développer cette capacité.

Son père et Benson approchèrent, leurs chaussures cirées résonnant sur le sol en brique. Je savais que dès qu'ils poseraient les yeux sur Miss Millard—merde, nous ne savions même pas *son* prénom—elle serait perdue, mais ils avaient déjà posé les yeux sur elle et la manière dont Sully la tenait de manière aussi possessive.

Bien que son père soit petit et rondouillard, son costume sur mesure lui allait parfaitement. Ses cheveux gris se raréfiaient et le haut luisant de son crâne était rouge et taché par le soleil. Des bajoues ornaient son cou. Avec son physique, il ne semblait pas du genre à se faire refuser quoi que ce soit. Cela signifiait qu'il ne serait pas ravi d'apprendre que Benson n'épouserait pas sa fille.

Benson était l'opposé de Millard. Grand et fin, il avait un air lugubre d'une personne. Ses mots, ses ordres, apportaient des résultats immédiats. Lui aussi, était habillé de manière immaculée, un costume neuf aussi noir que ses cheveux et sa moustache ; on aurait dit qu'il portait le deuil.

« Mary, » dit Mr Millard à sa fille.

Mary. Le ton qu'il avait mis dans ce seul mot avait tellement de sens. Rien ne reflétait le plaisir de voir sa fille après un mois de séparation. Il ne la prit pas dans ses bras, il ne posa pas une main sur son épaule. Il ne sourit même pas. Mary fit un pas de plus en ma direction.

« Bonjour, père. Mr Benson. » Elle pencha la tête en guise de salut. « C'est très aimable d'être venu me chercher à la gare, mais c'était inutile.

— Je présume que ta visite à ta grand-mère a été agréable.

D'après ce que Mary—je préférais l'appeler ainsi que Miss Millard—avait dit, à propos de la femme en question, elle devait être la mère de l'homme. Je l'imaginais comme une vieille chouette.

« Oui, en effet. »

Elle pouvait mentir à son père, mais une fois que nous serions mariés, elle passerait sur mes genoux si elle tentait de nous cacher la vérité.

Millard regarda Sully et le rejeta d'emblée. J'essayai de contenir un sourire, l'homme ne réalisait pas qui il venait de repousser.

« Alors nous ferions bien d'y aller. Mr Benson est impatient de nous emmener dîner et te raccompagnera à la maison ensuite. »

Mr Benson regarda Mary d'un air absent, presque cliniquement, pas comme un fiancé impatient de retrouver sa promise après un mois de séparation.

Mary secoua la tête mais Sully parla à sa place. « Cela n'arrivera pas Mr Millard. »

Les deux hommes finirent par lui accorder leur attention. « Et qui êtes-vous pour dicter les actions de Mary ? De contester mon autorité sur elle ? »

Il haussa légèrement les épaules et je le sentis contenir sa colère face à cet homme hautain. « Je suis son mari, alors je pense que c'est mon autorité qu'elle doit suivre désormais. »

Mary se raidit en entendant cela, mais je sus que c'était de cette manière que Millard voyait sa fille, une de ses sbires qui devait suivre ses ordres sans hésitation.

La peau de Millard devint rouge écarlate et je craignis qu'il fasse une crise d'apoplexie sur le quai. Benson semblait garder ses émotions... à l'intérieur.

Si Sully leur avait donné son nom, leur réaction aurait été toute autre. Mais il avait préféré ne pas le faire.

« Je ne sais pas pour qui vous vous prenez, mais Mary Millard est ma promise. » La voix de Benson porta fort sur le quai bondé et de nombreux passants se retournèrent.

« Était, Benson. Elle *était* votre promise. Elle est *mariée* avec moi. Maintenant, si vous voulez bien nous excuser. »

Sully fit un pas en direction de la sortie de la gare, gardant Mary près de lui, mais l'homme ne lui lâcha pas la main. Je ne m'étais pas imaginé que cela se déroule facilement de toute façon.

« Je veux une preuve, » dit Benson.

Je regardai Mary et lus la peur dans son regard. S'inquiétait-elle que Sully change d'avis et la laisse en pâture à ces deux-là ? Aucune chance. Benson devrait m'éliminer d'abord, et Sully ensuite s'il voulait l'atteindre.

Embrassant Mary sur la tempe, Sully murmura. « Dis-leur ma chérie. »

De mon point de vue, je sentais son odeur, florale et rayonnante. Je ne pouvais qu'imaginer combien ses cheveux étaient soyeux contre les lèvres de Sully. J'avais hâte de me débarrasser de ces deux hommes et de me retrouver seul avec elle et Sully, mes doigts me démangeaient de la prendre également.

« Je... je suis mariée. Il est mon mari. » Elle releva le menton d'un cran.

Benson jeta un œil sur Mary avant de l'ignorer. « Ce n'est pas la preuve que je recherche.

— C'est le sang sur les draps que vous recherchez ? Je vous promets qu'elle est complétement à moi, » déclara Sully avec aplomb.

Dans un éclat de surprise après cette sanglante allusion à la virginité de Mary, celle-ci prit la parole. « Il m'a baisée. C'est ça que vous voulez entendre ? La première fois, il m'a laissée être dessus. Et la seconde, il n'a pas pu se retenir et m'a prise par derrière. »

Mr Benson et mon père étaient tous les deux si abasourdis par cette déclaration qu'ils se contentèrent de cligner des yeux. Mais où diable avait-elle appris tout ça ?

« Vulgaire, » marmonna Benson, comme si elle devenue répugnante.

Je la trouvais encore plus intrigante qu'auparavant. Elle

connaissait le sens du mot baiser mais son attitude indiquait encore l'innocence. Qu'était-elle ? Une vierge ou une putain ? Je voulais me débarrasser de ces bâtards pour trouver la réponse.

« Je veux voir un acte de mariage, » ordonna Benson.

Sully haussa négligemment les épaules. Il avait le pouvoir—et sans même avoir usé de son nom célèbre—et voulait qu'il apparaisse clairement qu'ils ne lui faisaient pas peur. Pas plus qu'à moi, pas le moins du monde, mais je ne voulais pas qu'ils effrayent Mary. Sully n'en serait pas moins un gentleman s'il mentait pour elle.

« Il n'y en a pas, répondit-il au bâtard. Vous pouvez vérifier les registres à Billings. La première église presbytérienne au coin de la rue principale et de la quatrième rue. » Et certainement pour attiser encore la colère de l'homme, il ajouta. « Ma queue a besoin d'être soulagée, vous m'empêchez de baiser mon épouse. »

Sully descendit sa main contre sa taille et la posa de sorte que son petit doigt caresse la délicieuse courbe de ses fesses. Cela ne passa pas inaperçu.

Le chef de gare siffla et le train se remit en route, le bruit des wagons s'entrechoquant empêchait toute conversation. Bien que ni Benson, ni Millard n'aient de muscles, ni d'armes, ils avaient de l'argent et pouvaient s'offrir les deux. La vie de Sully était menacée désormais. Il le savait. Je le voyais dans leurs regards durs. Ils n'avaient pas besoin de dire ou d'insinuer quoi que ce soit. Avant que le train n'ait complètement disparu, ils avaient tourné les talons et quitté les lieux. Bien que j'aie l'espoir de ne plus jamais les revoir, je savais que ce ne serait pas le cas.

Sully écarta Mary pour que nous puissions la regarder tous les deux. « Tout va bien ? »

Elle pencha la tête en arrière et nous regarda tous les

deux avant d'acquiescer. Elle prit une profonde inspiration. « Je vous remercie de votre aide, mais j'ai probablement mis votre vie en danger. »

Je ris. « Qu'ils essayent, ma chérie. Qu'ils essayent. Cela dit, je ne pense pas qu'il soit sage de rester en ville.

— Hum, oui, commenta Mary. Je suis sûre d'être bannie de tous les hôtels, restaurants et même les dortoirs dans l'heure. Mon père a le bras long. »

Elle ne semblait plus effrayée, ni en colère. Abattue, peut-être.

Je regardai vers Sully. « Nous irons à Bridgewater, nous y serons en sécurité. Je t'assure que plus rien ne te retient à Butte. »

Elle regarda Sully et fronça les sourcils. « Vous... vous avez rempli votre mission. Je me suis débarrassée des deux hommes, et maintenant qu'ils pensent que nous sommes... intimes, Mr Benson ne voudra plus de moi. »

Sully rit. « Je te veux toujours, vierge ou pas. Ce n'est pas ta chatte qui intéresse Benson, mais ton héritage. Pour moi, c'est clairement le contraire. »

Elle ouvrit grande la bouche à ces mots très crus. Elle était définitivement vierge. Je parierais cinquante dollars là-dessus.

« C'est hors de question que nous te laissions seule à Butte à te débrouiller toute seule, ajouta Sully. Ils te marieront à Benson dès l'aube s'ils te mettent la main dessus, et nous vivants, cela n'arrivera pas. J'ai dit que je t'aiderais, que je serai ton mari, et c'est exactement ce que je compte faire. »

« C'est exact ma belle ajoutai-je en passant ma main sur son bras, me déplaçant pour qu'elle se retrouve à sa place, entre nous deux. Tu es coincée avec nous.

— A Bridgewater, nous serons prêts à accueillir les hommes de ton père ou de Benson, ajouta Sully.

— Oh mon dieu, ils vous tueront pour me reprendre. » Son visage pâlit.

Je la pris par les épaules et me baissai pour la regarder dans les yeux. « Il essayera, mais sans succès. Tu ne nous crois pas capables, Sully et moi, de prendre soin de toi ? »

Elle regarda Sully par-dessus son épaule, puis reposa ses yeux sur moi. « Si. »

Je souris. « C'est bien.

— Le soleil se couche et nous n'avons pas de provisions, commenta Sully.

— Et je doute que nous puissions en trouver. Pas plus que nos chevaux, » ajoutai-je. Si Benson et Millard sont passés à l'acte, nous serons exclus de tout commerce, relais et même blanchisserie chinoise d'ici demain matin. » Ils avaient leur propre forme de pouvoir.

« Il nous faut un endroit où passer la nuit. Un endroit sûr. Un endroit sur lequel ils n'ont pas la main, » ajoutai-je en regardant Sully à la recherche d'une idée.

Mary tourna les talons et se mit en marche. Le quai était presque vide maintenant que le train était parti et il nous fallut la rattraper à longues enjambées.

« Je connais l'endroit idéal, dit-elle. Dîtes-moi Messieurs, que pensez-vous des putains ? »

3

Sully

« Ma chérie, cela mérite quelques explications, » je me penchai et murmurai dans l'oreille de Mary.

Elle nous avait menés à travers la ville vers la porte arrière du Briar Rose, une maison close. Millard et Benson n'avaient pas eu le temps d'envoyer leurs sbires nous harceler et notre trajet se déroula sans encombre. Je détestais Butte. Au même titre que toute autre ville. Trop de gens, trop de raisons de s'attirer des ennuis. Je me donnais habituellement du mal pour éviter d'en avoir, mais aujourd'hui, ils m'avaient rattrapé sous la forme d'une beauté aux cheveux blonds. Oh oui, elle était innocente, mais elle me tentait—et Parker—d'autant plus. Aucun doute qu'elle était la femme faite pour nous, peu importe ses problèmes.

Et au lieu d'éviter les conflits présents et futurs dans ma vie, j'avais accepté Mary telle qu'elle était. Ce qui la troublait me troublait moi. Je me chargerais de ce qui la menaçait.

Elle ne pourrait que devenir ma femme. Avec mon histoire rocambolesque, j'étais son meilleur choix. Personne ne s'en prendrait à elle pour m'avoir épousé. Mais Mary semblait nous mener de surprise en surprise. Comment la petite vierge connaissait-elle la porte arrière d'un bordel ? Quelle jeune fille innocente était accueillie avec une familiarité qui montrait qu'elle était une habituée des lieux ?

« Un bordel ? » demanda Parker.

Bien que ni Parker ni moi n'ayons jamais mis les pieds dans cet établissement en particulier, il ressemblait à tout autre bordel. Dans le passé, nous avions pour habitude de rentrer par la porte de devant. Cette nuit, nous voilà passant par la contre-allée puis par la cuisine qui sentait atrocement le chou bouilli. Deux prostituées étaient assises à table, en corset et chemisette. Une autre fille entra la pièce, aperçut Mary et pris la fuite.

Mary salua une des filles et refusa un bol de chou que lui tendait le cuisinier. Comment Mary était-elle liée à cet endroit ? A en juger par son attitude dans le train et son dégout accompagné de peur de Benson, j'aurais parié qu'elle était vierge. Mais quel genre de vierge était aussi familière avec les filles d'une maison close ?

Une femme vêtue d'une culotte et d'un corset entra par les portes battantes, suivie par la musique du piano. Elle était de taille moyenne avec une poitrine généreuse qui débordait de son décolleté. Elle avait de longues jambes fuselées, la peau crémeuse. Avec ses cheveux roux incandescents, elle se démarquait des autres filles. Pour une prostituée, elle savait manifestement attirer l'attention.

« Mary ! » cria-t-elle, courant vers elle pour enlacer notre jeune épouse—nous serions mariés avant le lever du jour.

Elles sourirent, elle se connaissaient bien. L'une étant blonde et l'autre rousse, et n'étaient pas sœurs. Comment deux femmes aux origines si différentes étaient-elles devenues amies ?

« Je… j'ai besoin de ton aide, » avoua Mary.

La femme jeta un œil à Parker et moi. Nous étions grands et menaçants dans la cuisine qui semblait avoir rétréci. Elle papillonna des yeux. « Je vois. »

Alors que les ricanements de son amie poursuivaient, Mary fit les présentations. « Voici Mr Corbin et Mr Sullivan. Messieurs, je vous présente mon amie Chloé. »

Parker m'imita quand j'ôtai mon chapeau pour la saluer. De Parker et moi, j'étais le taiseux et le plus patient et même lui n'abreuvait pas Mary de questions. Il y en avait trop, mais les réponses viendraient. Et sinon, elle serait fessée jusqu'à nous les donner. Je doutais que quiconque dans ce bâtiment ne prendrait ombrage que je la mette sur mes genoux, que je remonte sa jupe et colore de rose son adorable petit cul.

« Nous avons besoin d'un endroit où passer la nuit, » dit Mary à son amie.

Chloé regarda Mary attentivement. « Je vais chercher Miss Rose. »

Elle tourna les talons et sortit avant que Mary ne puisse dire autre chose que, « Mais— »

En attendant, je l'attirai vers la cage d'escalier pour un peu d'intimité. Avec les marches au-dessus d'elle, Mary n'avait d'autre choix que de se concentrer sur nous.

« Explique, » dis-je.

Un seul mot, mais il était assez clair. Mary allait répondre.

Elle se lécha les lèvres et nous regarda tous les deux. « Je suis bénévole à l'Armée du salut, et l'an passé, on m'a demandé d'apporter des vêtements, des gants et autres au Briar Rose. J'ai rencontré Chloé et nous sommes devenues amies. »

J'écarquillai les yeux en l'entendant. « Personne de l'Armée du salut n'a eu vent de tes visites supplémentaires ? demandai-je.

— Ou ton père ? » ajouta Parker.

Elle secoua la tête. « Mon père ne fait pas attention à moi. Sa venue à la gare était un événement étrange. C'est pour ça que je suis sûre qu'il est sérieux dans ses intentions. Je savais qu'il avait pour projet de me marier et je me doutais que c'était à Mr Benson, mais je n'en étais pas sûre avant que cela ne se produise. C'est pourquoi je suis partie rendre visite à ma grand-mère. » Elle frissonna. « La mère de mon père. Vous imaginez à quel point ce mois a été agréable. » Elle soupira. « Mais c'était toujours mieux que les machinations de mon père. J'ai gagné du temps mais je ne suis qu'une femme et ce n'est pas comme si j'avais vraiment le choix. »

Cette confession en disait long sur sa situation, les libertés d'une femme étaient limitées, peu importe sa richesse. Bien qu'elle n'ait pas besoin de travailler, elle était condamnée à obéir à son père, puis à son mari, une fois mariée.

« Tu n'es pas *qu'une* femme, lui dis-je. Nous sommes dans un putain de bordel. J'ai comme l'impression que nous allons combler plusieurs vides en toi. »

Tout comme sa bouche, sa chatte, et un jour prochain son cul, mais Mary ne perçut pas le double sens de mes mots.

Une femme s'éclaircit la voix. Parker fit un pas en arrière pour faire face à celle qui était sans aucun doute la matrone appelée Miss Rose. Elle portait une robe qui rivalisait avec celle de Mary en termes de goût et de qualité. Elle avait la trentaine et de petites rides sur son beau visage. Rien ne devait résister à son examen attentif.

« Mary Millard, quand Chloé m'a dit que tu étais avec deux hommes et que tu voulais une chambre, j'ai manqué de m'évanouir. »

Mary s'avança, d'un air contrit. Je ne savais pas si Mary avait encore une mère, mais vu comme elle se faisait gronder, je me disais que cette femme ferait une excellente mère de substitution.

« Tu es une bonne fille. Bien que tu regardes à travers les judas pour attiser ta curiosité, cela dépasse les bornes et cela ne te ressemble pas. »

Mary releva la tête et je vis ses joues rouges.

« Je... nous n'avions nulle part où aller. »

Miss Rose claqua des doigts et les deux filles à table se levèrent avant de quitter la pièce. Le cuisinier sortit également, nous laissant seuls tous les cinq. Bien que Chloé ne dise rien, elle écoutait attentivement.

« Tu espères cacher une aventure avec deux hommes en venant ici ? »

Mary ouvrit grande la bouche. « Quoi ? Non ! »

Miss Rose plissa les lèvres. « Alors, explique. »

Le coin de ma bouche s'agita en entendant l'exact même mot que moi il y a quelques minutes. Nous nous ressemblions, pas le genre à faire de longues phrases. C'était du meilleur augure pour notre mariage si Mary répondait si bien à de courtes instructions, car elle saurait bien vite que Parker et moi étions aux commandes. Pas seulement dans la chambre—ou dans tout endroit où nous la baiserions—mais aussi en ce qui concerne sa sécurité et son bien-être. Comme en cet instant, Miss Rose s'assurait de son bien-être. Une bonne fille comme Mary n'amenait pas deux hommes dans un bordel pour faire des folies des corps.

Mary récapitula une brève version de son malheur pendant que Miss Rose écoutait attentivement.

« C'était la bonne décision, Mr Benson a été exclu et sait qu'il ne peut pas entrer. Quand à ton père, il aime bien que les filles viennent à lui, répondit Miss Rose et je vis Mary frémir à la désagréable mention de son père. Tu es la bienvenue ici. »

Mary sourit en se dirigeant vers les escaliers.

« Attends, » dit Miss Rose en lui prenant la main. Mary se retourna, et attendit.

« Messieurs, quelles sont vos intentions envers cette femme. Je suppose que vous n'êtes pas des demeurés et avez compris qu'elle n'est pas une prostituée.

— Oui, M'dame, nous le savons, lui dis-je. Notre intention est de l'épouser. »

Chloé et Miss Rose répondirent d'une seule voix. « Tous les deux ? »

Miss Rose ne semblait pas surprise le moins du monde, mais Chloé ne semblait jamais avoir entendu parler d'un ménage à trois. Dans sa profession, elle avait pourtant dû en voir des choses.

« Tous les deux ? répéta Mary.

— Oui, tous les deux. C'est ce que nous t'avons dit à la gare, » ajoutai-je.

Mary fronça les sourcils. « Tu as dit que tu serais temporairement mon mari, c'est tout. »

Je secouai doucement la tête. « Nous avions dit que nous prendrions soin de toi, que nous te protégerions. Cela implique de se marier. Comme a dit Miss Rose, tu es une bonne fille et tu le resteras jusqu'à ce que nous soyons unis. Alors seulement nous te montrerons comment devenir une vilaine petite fille. » Je ne pus m'empêcher de sourire en pensant à toutes les choses coquines que nous allions lui montrer. Et les aimerait toutes.

Sa bouche s'ouvrit de surprise.

« Ces hommes, » commença Chloé. Elle tapota Mary dans le dos. « Ne t'inquiète pas ma chérie. Ils sont séduisants à souhait. Ils vont te faire beaucoup de bien. Fais-moi confiance, tu vas adorer te prendre deux hommes à la fois.

Elle continua de rire et Mary rougit de plus belle.

« Vous devez être de Bridgewater, » dit Miss Rose en nous regardant.

J'acquiesçai. Bien que nous ne fassions pas étalage de nos pratiques, elle ne semblait pas surprise. Elle gardait certainement mieux les secrets que l'Eglise catholique et je n'avais pas peur qu'elle fasse exception pour nous. Elle devait d'ailleurs garder de plus lourds secrets que celui de Mary épousant deux hommes aimants et fidèles.

« Alors j'approuve, » ajouta-t-elle d'un hochement de tête décisif.

Mary retrouva enfin sa voix. « Miss Rose, comment pouvez-vous dire que se marier avec deux hommes est une bonne chose ?

— Je le pense vraiment, répondit-elle. Les temps sont durs et Butte est une ville rude. Il est difficile d'être une femme dans la région. Même avec de l'argent, tu n'étais pas heureuse. Qu'est-ce qui t'attend ici ? Ces hommes te désirent. Tous les deux. Certaines femmes se languissent d'un homme pour les protéger, et tu auras la chance d'en avoir deux. »

Mary s'approcha de Miss Rose et chuchota, « Mais... *deux*. Je n'ai jamais vu.... Je ne sais pas quoi faire avec deux hommes. »

La femme plus âgée lui sourit. « Ne t'inquiète pas, je suis persuadée qu'eux le savent très bien. »

4

Sully

OH QUE OUI, nous le savions
« Mais—»
Miss Rose leva la main. « Si tu veux passer la nuit ici avec ces deux hommes, il faudra d'abord vous marier. »

Son ultimatum me plut beaucoup. Cela lui mettrait rapidement la bague au doigt et nous pourrions vraiment la protéger de Benson et de son père. Nous ne pourrions rien faire avant qu'elle ne soit légalement à nous et je ne salirais pas sa vertu en faisant autrement.

« Mais... toutes les filles. Aucune d'entre elles n'épouse les hommes qu'elles emmènent à l'étage ! » La voix de Mary reflétait la colère. « Pourquoi moi ?

— Es-tu une prostituée ? » demanda abruptement Miss Rose.

Mary détourna les yeux. « Non, murmura-t-elle.

— Alors tu te marieras. Je ne te laisserai pas accepter

moins que cela. Si ta mère était encore en vie, elle serait bien d'accord avec moi. »

L'idée de Mary seule avec son père et ses plans odieux me rendit encore plus impatient à l'idée de l'épouser rapidement.

Mary nous regarda tous les deux. « Je viens à peine de vous rencontrer, avoua-t-elle. Comment pouvez-vous être aussi sûrs de vous ? »

J'avançai pour me placer droit devant elle. Elle prit une grande inspiration, laissant ses seins appuyer contre mon torse. Je passai mes phalanges sur sa joue si douce. Elle ferma les yeux et pencha la tête pour apprécier mon geste.

Elle nous désirait ; elle était juste trop innocente pour comprendre ce qu'elle ressentait. C'était déroutant et rapide, mais *vrai*.

« Tu connais Benson depuis bien longtemps. Connaître quelqu'un depuis longtemps ne garantit en rien un bon accord. »

Chloé lui caressa le bras. « C'est vrai, ma chérie. Parfois, tu ressens une connexion. Quand c'est le cas, saisis l'homme —ou les hommes—et ne lâche pas prise. »

Mary ne semblait pas troublée le moins du monde mais me surprit en levant la tête pour nous regarder Parker et moi.

« Je n'épouserai pas un homme—ou deux—s'ils sont infidèles. Mes visites à Chloé durant l'année passée m'ont ouvert les yeux sur le nombre d'hommes mariés—que je croise à l'église—et qui sont des coureurs de jupons. » Elle croisa les bras et lança un regard mauvais à Miss Rose. « Vous ne pouvez pas me forcer à les épouser si c'est le cas. »

Elle était inflexible et féroce sur son opinion et bien que j'aurais dû me sentir offensé par ses propos quant à mon honneur, je la respectais pour cela. Miss Rose ne pouvait pas la contredire ; elle souhaitait manifestement le meilleur pour Mary et cela n'impliquait pas un mari infidèle.

« Mary. » Parker posa sa main sur sa poitrine, juste sur son cœur. « Tu es à nous. Bien que tu sois légalement mariée à Sully, tu seras aussi ma femme. Je n'en veux aucune autre. Je te jure que je serai fidèle.

— Et moi aussi, » ajoutai-je.

Mary pencha la tête vers moi. Son esprit s'affairait, débattait, pesait le pour et le contre.

Miss Rose nous regarda, puis Mary, attentive.

Les yeux de Mary ne comportaient aucune confusion, rien que de la détermination pendant qu'elle considérait nos paroles. Ces mots étaient plus importants que la cérémonie de mariage à venir.

« Très bien. » Elle hocha la tête, comme si elle avait besoin que ce geste accompagne ses mots. « Nous ne pouvons pas aller à l'église, mon père le saura. »

Miss Rose balaya son argument du revers de la main. « Ton père est peut-être puissant dans cette ville, mais moi aussi j'ai des relations. » Elle pencha la tête vers le salon attenant. « Le juge Rathbone est ici. Je n'ai aucun doute qu'il sera ravi de vous marier. »

A la manière dont elle l'avait dit, j'avais compris que Miss Rose *inciterait* le juge à participer.

Chloé quitta précipitamment la cuisine, bien plus excitée que la mariée à l'idée de cette union.

Cela ne prit pas longtemps au juge pour apparaitre, traîné contre son gré par Chloé. Pour une femme si petite, elle était forte. Le juge avait la cinquantaine et des cheveux grisonnants, de l'embonpoint et de petites jambes. Il ne portait pas de veste et sa cravate était défaite, comme s'il avait été interrompu. Il inspecta la pièce et écarquilla les yeux en voyant Mary.

« Miss Millard, dit-il, sa voix pleine de surprise.

— Je suis sûre que cette petite cérémonie restera entre nous, n'est-ce-pas M. le juge ? demanda Miss Rose d'une voix douce comme le miel. Votre femme n'œuvre-t-elle pas à l'Armée du salut avec Miss Millard ? »

Les bajoues du juge tremblèrent quand il acquiesça.

« Je suis sûre que Miss Millard et ces hommes garderont eux aussi le secret de votre présence ici au Briar Rose, ainsi de ce que vous avez fait ce soir avec Elise. »

Le juge ouvrit grands les yeux. Il déglutit, pensant aux répercussions. Bombant le torse pour reprendre une attitude plus propre à sa condition, il demanda, « Qui est le marié ? »

Je m'avançai et pris position à côté de Mary. « C'est moi. »

Ce matin encore, je n'avais aucune idée que j'allais me marier. Et me voilà avec Parker à mes côtés. Nous nous engagions à passer nos vies avec cette femme et il ne serait pas possible de faire marche arrière. Je regardai Mary. Elle semblait calme et... magnifique. Ses cheveux blonds étaient toujours impeccables et son chapeau toujours parfaitement en place. Elle ne semblait pas affectée le moins du monde par ce qui s'était passé les deux dernières heures. Elle était résolue. Je l'étais moi aussi.

« Bien, dit le juge en jetant un œil à Parker. Vous avez amené un témoin ? »

Je n'allais pas expliquer que j'étais bien plus qu'un témoin, comme je ne voulais pas exposer tous nos secrets. J'avais confiance en l'homme et savait qu'il ne parlerait pas du mariage clandestin de la fille Millard, ce qu'il avait fait avec Elise devait être suffisamment licencieux pour le garantir. Mais cela ne signifiait pas que je voulais qu'il sache tout sur nous.

Le juge me regarda. « Bien que je connaisse Miss Millard, je ne vous connais pas, Monsieur ?

— Adam Sullivan. »

L'homme écarquilla les yeux en déglutissant péniblement. « Adam... Sullivan ? » Le juge avait pratiquement glapi et recula d'un pas. Mary me regarda en fonçant les sourcils. Il était clair qu'elle ne me connaissait pas, ni mes exploits. « La fille de Gregory Millard va épouser Shooter Sullivan. »

Je fis un pas vers le juge et le vieil homme se recroquevilla. Oui, il me connaissait. « Il y a un problème, Monsieur le juge ? »

Le juge secoua la tête si fort que ses lèvres tremblèrent.

Les sourcils de Miss Rose s'agitèrent et elle se mit à rire. « C'est... génial. »

Mary fronça les sourcils. « Que se passe-t-il. Je ne comprends pas. Vous vous connaissez tous ?

— Ton futur mari est célèbre dans la région. Un hors-la-loi, diraient certains, » expliqua Miss Rose à Mary. Son regard acéré se posa sur moi. « Combien de morts sur ta conscience ? »

Elle ne semblait pas horrifiée par mon sombre passé, au contraire, cela semblait l'amuser.

« Quatre, » répondis-je, en reculant immédiatement pour prendre Mary par le bras.

Elle essaya de se dégager mais je ne la laissais pas se dégager. Sans détails, mes actions semblaient horribles, et je m'imaginais ce qu'elle devait se représenter.

J'avais appartenu à la Cavalerie et certains hommes avaient perdu la raison, faisant justice eux-mêmes contre les Indiens. Quand j'étais tombé sur un groupe d'hommes qui venaient de commettre saccage et viol dans un camp indien, j'avais protégé les innocents. J'avais abattu les quatre hommes pour qu'ils ne puissent plus faire de mal à personne. Ils n'étaient pas militaires. C'étaient juste des bâtards qui convoitaient les faibles. Ils étaient fous et je recommencerais sans hésiter s'il le fallait.

Avant l'enquête, on m'avait dépeint comme l'ennemi à la place des hommes qui avaient commis ces crimes. Finalement, j'avais été blanchi, mais mis à la retraite. Ils me considéraient comme une menace. Avec le temps, le récit de mes actions avait changé, faisant de moi une bête agressive, tuant sans pitié tous ceux qui se mettaient en travers de son chemin.

D'où la crainte du juge, qui croyait les ragots. En cet instant, j'étais reconnaissant que l'homme ait peur, il avait en effet—du moins c'est ce qu'il devait penser—encore plus à perdre si sa femme découvrait ses infidélités.

Les histoires qui courraient sur ma légende m'importaient peu. Je voulais mener une vie tranquille. Et je l'aurais, si nous pouvions juste laisser le juge poursuivre. Mais les craintes de Mary devaient être dissipées. Je ne la laisserais pas avoir peur de moi.

Je regardai ma future femme effrayée et essayai d'adoucir ma voix. « Il y a tant de choses à te dire, et ce n'est pas le meilleur moment avec un tel public. Mais ces quatre hommes répandaient le mal et ont massacré de nombreux innocents. Je les ai empêchés de continuer. Quant à toi, tu n'auras jamais à avoir peur de moi. *Jamais.* N'est-ce-pas Miss Rose ? »

Je gardais mes yeux sur Mary, ne voulant pas qu'elle pense que j'aie quoi que ce soit à cacher. Je retins mon souffle, conscient que mon passé revenait à la charge et il était hors de question que Mary en fasse les frais.

Miss Rose acquiesça. « C'est exact, ma chérie. Si Sullivan devient ton mari, tu n'auras jamais à t'inquiéter de ton père.

Ni de personne d'autre. Tu es en sécurité avec lui. N'est-ce-pas, Monsieur le juge ? »

Mary n'aurait plus jamais à s'inquiéter de son père parce que cet homme en saurait bien trop peu pour envisager de lui faire du mal.

Le juge ferma la bouche, qui était restée grande ouverte, et hocha la tête. « C'est exact, Mr Sullivan saura vous protéger. »

Mary se mordit la lèvre. Son visage était expressif. Bien que je ne décèle aucune peur dans son regard clair, elle était désorientée et nerveuse. Deux sentiments que je dissiperai bientôt. Elle devait simplement accepter ce que je lui offrais. M'accepter tel que j'étais. J'étais un homme patient, mais il était difficile d'attendre la décision de Mary. Ce n'est qu'une fois la cérémonie terminée qu'elle découvrirait à quel point nous lui étions dévoués.

Prenant une grande inspiration, elle acquiesça. « Très bien. »

Putain, j'étais soulagé. Me faire rejeter par femme que j'avais promis de protéger m'aurait anéanti. Elle croyait assez fort en moi pour m'épouser. Je ne pus retenir un sourire. Je relâchai son bras et passai mes phalanges sur sa joue une nouvelle fois.

« C'est bien, » murmurai-je, et elle sourit, ses joues se teintant de rouge en entendant ces mots.

Le juge commença la cérémonie, prononça rapidement les mots qu'il connaissait par cœur. Ce fut une brève cérémonie. Le juge le voulait ainsi. Moi aussi. J'étais sûr que Parker devait lui aussi être impatient que nous ayons épousé Mary.

Elle était belle et assurée, se tenant à mes côtés. Elle avait accepté son destin et compris qu'il était dans son intérêt de m'épouser. J'étais si fier d'elle, de sa révérence et de sa force.

Une fois nos vœux prononcés, je me penchai pour l'embrasser, chastement et rapidement, mais assez pour sentir la douceur de ses lèvres et entendre le petit gémissement qui en jaillit. Mary avait fermé les yeux et en les rouvrant, ils étaient remplis d'une nouvelle passion dévorante. C'était un moment entêtant, de savoir que je l'avais rendue ainsi. Je ne pouvais qu'imaginer de quoi elle aurait l'air quand je l'embrasserais vraiment.

« Merci, Monsieur le juge. » Miss Rose tapota le bras de l'homme dans un geste apaisant. Il semblait soulagé lui-même que ce soit terminé et sortit un mouchoir de sa poche pour essuyer son front où perlait de la sueur. « Dites à Elise que la maison offre les boissons ce soir. »

L'homme ne s'éternisa pas et quitta la cuisine à une vitesse qui contrastait avec sa taille.

Miss Rose sourit. « Félicitations, Mary. Tu ne me croiras peut-être pas encore, mais tu as un bon mari. Deux bons maris. Tous les hommes de Bridgewater sont honorables, loyaux et aimants. »

Mary hocha la tête, mais ne sut que répondre. Elle semblait un peu submergée. L'accord était passé. C'était officiel, elle m'appartenait désormais, ainsi qu'à Parker.

« Montez les escaliers, deuxième chambre à gauche. » Miss Rose désigna les marches. « Je pense, Messieurs, que vous la trouverez appropriée pour cette nuit. »

Miss Rose prit la main de Mary et la pressa brièvement pour la rassurer avant de suivre le juge dans son sillage, emmenant avec elle, Chloé qui eut juste le temps de me faire un clin d'œil avant que la porte ne se referme derrière elle.

« Seuls avec notre jeune épouse dans une maison close de Butte, » dis-je en remuant la lèvre.

Parker rit et pris la main de Mary. Je savais qu'il se sentait aussi soulagé que moi, sachant qu'elle était à nous. Officiellement, légalement, pour toujours. « Qu'allons-nous faire ? »

5

Mary

Chaque visite au Briar Rose m'avait amusée, stupéfaite, ou même terrifiée, et maintenant j'avais un peu peur. Je m'en étais sentie protégée, dans une chambre à part, cachée et occupée à espionner. Une voyeuse. D'après Chloé, c'était une personne qui aimait observer les autres dans des situations très compromettantes. C'était excitant. Mais quand un couple faisait ensemble des choses intrigantes, je sentais ma peau s'échauffer, mes tétons pointer et mes cuisses devenir glissantes. Il me tardait de découvrir par moi-même. Mais tout cela n'était alors qu'un fantasme.

Maintenant... maintenant j'avais deux maris qui me regardaient avec une impatience que je reconnaissais. Pour la première fois, leur désir était directement dirigé sur moi. C'était une chose de regarder, mais une toute autre de le *faire*... J'avais peur de ce qu'ils pensaient de ma curiosité et craignais qu'ils me trouvent soit inexpérimentée, soit dévergondée.

Peut-être les deux. Je les avais menés dans une maison close après tout ! Ça avait été ma première idée, le seul endroit où je savais que mon père et Mr Benson n'iraient pas me chercher. Mon père n'avait jamais su que j'avais fréquenté cet établissement pour le compte de l'Armée du salut et n'imaginerait jamais que je m'y rende de mon plein gré. Je n'avais pas considéré les conséquences de ma décision irréfléchie—manifestement, vu que j'étais désormais mariée et que mes deux maris voulaient consommer notre mariage.

Je refusais de les regarder dans les yeux, de peur de voir la honte sur leur visage. »

« Mr Sullivan. »

D'un doigt, il me releva le menton de sorte que je sois obligée de fixer son regard sombre. La chaleur que j'y lus me surprit. Il était si séduisant. Si grand, avec ses cheveux noirs hirsutes et j'avais envie d'y passer la main.

« Vu que je suis ton mari, je pense que tu peux m'appeler Sully.

— Sully, répétai-je.

— Plus de Mr Corbin non plus. Appelle-moi Parker. » Sa voix était douce, même tendre.

« Ce que vous devez penser de moi... » je sentis mes joues rougir.

Parker fronça les sourcils. « Penser de toi ? »

Je retirai mes mains en essayant de détourner le regard, mais Sully m'en empêcha. J'étais forcée de soutenir son regard en avouant mes fautes.

Mon cœur battait à tout rompre dans ma poitrine, mon impertinence passée semblait avoir disparu. « Nous allons passer notre nuit de noces dans une maison close !

— Tu viens juste d'apprendre que j'ai tué quatre personnes. C'est plutôt à moi de me demander ce que tu penses de moi, » avoua Sully en me lâchant.

Je le regardai. *Vraiment*. Bien qu'il soit incroyablement séduisant, il était aussi grand et fort. Je n'avais aucun moyen de me défendre s'il voulait me faire du mal. A bord du train —il y avait à peine quelques heures —il était resté silencieux et pourtant attentionné. Il s'était montré aimable en m'escortant jusqu'au wagon-restaurant, attentif à notre conversation tout en restant concentré sur toute source de danger. Je m'étais sentie en sécurité avec lui. Découvrir qu'il avait tué quatre personnes en protégeant des innocents n'était pas aussi surprenant que ce que j'avais pu penser au départ. Si quelqu'un avait voulu me faire du mal pendant notre trajet en train, je n'avais aucun doute que Sully m'aurait défendu par tous moyens. Qu'il ait rendu justice lui-même contre ceux qui le méritaient en disait long sur son caractère.

« Miss Rose semble avoir une certaine estime de toi. Je me fie à son jugement, » répondis-je.

Son sourcil sombre se redressa. « Son jugement te suffit ?

— Nous nous connaissons à peine et je dois me fier à mes amis pour me guider. Tu as Parker. Je suis sûre que tu as d'autres défauts que celui de protéger les innocents. »

Ses yeux sombres se levèrent de surprise.

« Mon père est un homme de foi, un homme d'affaires, millionnaire. Un pilier de la communauté. Il allait me marier à Mr Benson en échange d'un accord pour l'exploitation de ses mines. Ensuite, il y a Mr Benson. Il est venu ici. » Je désignai le sol de la maison close. « Il a... fait du mal à une fille avec un fouet. Un fouet ! Et d'autres choses. Des choses que je savais qu'il aurait voulu faire avec moi. Ou, ou alors il n'aurait rien voulu faire avec moi. Juste que je lui fasse un enfant, et qu'il puisse m'ignorer ensuite. Et si je ne lui avais pas donné d'héritier, je me serais toujours inquiétée de finir morte comme ses précédentes épouses. Alors finir avec une personne qui a déjà tué n'est pas un problème en soit, ce sont les raisons qui m'importent.

— Alors tu as choisi la seule autre option ? » demanda Parker.

Je plissai les yeux. « Je n'ai fait que demander votre aide. C'est vous qui n'êtes pas d'accord avec ça. C'est Sully qui a dit qu'il allait m'épouser. Et maintenant, maintenant, tu prétends que je t'ai aussi épousé. »

Parker sourit. « C'est exact. Le juge t'a peut-être officiellement unie à Sully mais cela ne change rien à mon intention de départ. Je suis à toi autant que tu es à lui. »

Sully acquiesça. « Tu es celle qu'il nous fallait. »

Je fronçai les sourcils. « Je me demande comment tu peux être aussi catégorique. »

Parker posa sa main sur mon épaule. « Parfois, tu le sais, c'est tout. » Il posa sa main sur sa poitrine. « Là. »

Je comprenais ce qu'il voulait dire, mon cœur avait fait un bond en voyant Parker pour la première fois, quand il s'était approché du porteur pour prendre mon sac. J'avais eu les mains moites et ressenti de la nervosité. Ensuite j'avais vu Sully, et j'avais failli m'étouffer. C'était surprenant et déroutant que ces deux hommes m'aient accordé tant d'attention pendant le trajet jusqu'à Butte, mais j'en avais profité. Après m'être calmée. Quelle femme ne se pâmerait pas pour l'attention de deux hommes ?

Je n'avais jamais été aussi attirée par un homme, encore moins deux. Cela m'excitait de voir les hommes et les putains de la maison close, mais aucun ne m'avait rendue jalouse d'une de mes amies. Je savais que je voulais faire toutes ces choses avec quelqu'un... je ne savais simplement pas qui. Du moins, jusqu'à présent.

« Mais... tous les deux ? Comment se passe un mariage avec deux hommes ? »

Parker s'avança et me prit dans ses bras. Son corps était durci par sa musculature et je sentis le battement de son cœur sous ma paume. Fort et régulier, peut-être comme l'homme lui-même.

« C'est à la manière de Bridgewater. Nous avons rencontré la plupart des hommes qui s'y trouvent à l'armée et ils ont tous suivi la coutume de partager une épouse. S'il arrivait quelque chose à l'un d'entre nous, ma chérie, tu serais toujours sauve, protégée par l'autre. Tu es devenue le centre de notre monde. »

Parker relâcha son étreinte et Sully prit sa place. La sensation était différente. Ils étaient tous les deux grands, bien bâtis et solides, mais Parker était plus doux, alors que dans les bras de Sully, je me sentais protégée. Leurs odeurs étaient différentes et distinctes. J'aimais leurs manières de me serrer contre eux. J'étais contente de ne pas avoir à choisir entre l'un ou l'autre, que je n'aie pas à vivre ma vie sans découvrir l'un d'entre eux.

Je ne pus qu'acquiescer, comme je ne comprenais pas complètement cet arrangement et mes sentiments. C'était si insensé, si fou !

« Pour le reste, bien que tu sois vierge, tu n'es pas complètement innocente, » dit Sully.

Je me raidis dans ses bras.

« Tu te demandais ce que nous pensions de toi après que tu nous aies amenés dans une maison close ? demanda Parker.

— Les choses que j'ai dites à mon père—

— Comme être dessus pour baiser ou te faire prendre par derrière ? demanda Sully. Nous n'avons pas oublié. »

Je me mordis la lèvre et me frottai la joue contre la poitrine de Sully pendant que Parker souriait. Souriait !

« Il fallait bien que je dise *quelque chose*.

— Et quel excellent choix. C'était une sage décision que de venir ici. Nous sommes en sécurité et pourrons passer notre nuit de noces à prendre soin de toi, sans s'inquiéter de ton père ou de Benson. Je préférerais ne pas dormir cette nuit avec mon revolver sous l'oreiller. C'est l'endroit rêvé pour te conquérir. »

Je me raidis encore dans les bras de Sully. « Maintenant ? » glapis-je.

Parker vint se placer derrière moi et avança de sorte que je sente la chaleur de son corps mais sans être assez proche pour le toucher. Ses mains passèrent au-dessus de mes bras et j'anticipai son approche, retenant mon souffle. J'avais hâte de sentir Parker et Sully de part et d'autre.

« Oui, cette nuit, » répondit Parker, un murmure dans mon oreille. Un frisson me parcourut l'échine. « Mais nous ne sommes pas des brutes. Nous ne te prendrons que quand tu seras prête.

— Mais… et si je ne suis pas prête ? » chuchotai-je, m'agrippant à la chemise de Sully.

Sully pencha la tête et m'embrassa.

« C'est à nous de veiller à ce que tu le sois, » murmura-t-il, à un centimètre de ma bouche.

Je fermai les yeux pour le second baiser de toute ma vie. Il était aussi doux que celui qui avait scellé notre cérémonie de mariage, mais aussi plus… intense. Ses lèvres caressèrent les miennes, les mordillant comme pour en gouter chaque recoin, avant que sa langue ne vienne titiller ma lèvre inférieure. Je frémis et il en profita pour passer sa langue à l'intérieur.

Les mains de Sully se posèrent sur ma joue et je penchai la tête pour qu'il puisse m'embrasser où bon lui semblait. Doucement ne rimait pas avec fade, comme je sentais qu'il me découvrait, ce qui me plaisait, ce qui faisait sortir de petits sons de ma gorge malgré moi.

Les mains de Parker me touchèrent enfin, glissant le long de mes bras, puis sur ma taille. Avec lui serré contre moi, je pouvais sentir chaque centimètre de son large torse, et la forme de sa queue contre le bas de mon dos.

J'étais contente qu'il me tienne ainsi, j'aurais fondu sur le sol autrement.

« C'est mon tour. » Les mots de Parker me tirèrent de ma rêverie et sans crier gare, il me retourna et sa bouche vint remplacer celle du Sully. Oh, qu'il embrassait bien. De manière très différente que Sully, mais tout aussi excitante. Quand sa langue vint s'insinuer dans ma bouche, je sentis la menthe poivrée.

Parker grogna, j'en sentis la vibration contre mes paumes. Mais quand avais-je posé mes mains sur son torse ?

Après un dernier passage sur ma lèvre inférieure, Parker leva la tête et recula. Mes yeux s'ouvrirent. Je chancelai, en manque de leur contact. Leurs odeurs se mêlaient et m'excitaient. *Ils* m'excitaient et j'en voulais plus, comme ils l'avaient dit. S'ils embrassaient ainsi, je n'étais plus aussi sceptique à l'idée d'avoir deux maris. S'ils me faisaient ressentir de telles choses rien qu'en m'embrassant... je ne pouvais qu'imaginer ce qu'ils feraient sans leurs vêtements.

« Tu seras prête, » dit Sully, d'une voix plus profonde que d'habitude. Il n'était pas indifférent lui-même, et je le vis se remettre en place. Impossible de passer à côté de la large silhouette de sa queue dans son pantalon.

« Hum... je vois. » Je ne pouvais plus dire autre chose, car je le croyais. Mes pensées étaient confuses, mon corps chaud et docile, mes tétons pointaient et me faisaient mal. Je les voulais déjà, il me démangeait de les toucher, de découvrir leurs corps dans les moindres recoins.

Parker arriva devant moi et ils se retrouvèrent côte à côte. De taille similaire, l'un était blond, l'autre brun. Ils étaient tous les deux bien bâtis, avec des muscles qu'on discernait bien sous leurs vêtements. Tellement séduisants, et tellement... à moi.

« Chloé semble être une amie dévouée, commenta Parker. Que t'a-t-elle appris ? »

Je fronçai les sourcils. « Comment ça ?

— Tu lui as rendu visite plusieurs fois ? » demanda Sully.

J'acquiesçai.

« Elle t'a emmenée à l'étage ? demanda Parker.

Je me léchai les lèvres. « Oui.

— Est-ce qu'elle t'a embrassée comme Sully vient de le faire ? T'a déshabillée ? T'as touchée ? »

Je glapis en étendant cette effroyable question. « Quoi ? » Je secouai la tête. « Non, bien sûr que non. Ce n'est–

— Pas pour toi ? répondit Sully.

— Je... ne savais pas. Je veux dire... Je n'ai jamais pensé...

— Ça ne t'intéresse pas de faire l'amour avec une autre femme ? »

J'écarquillai les yeux entendant ces mots. « Je suis vierge, » dis-je en relevant la tête. Je ne voulais pas qu'ils aient le moindre doute.

Sully sourit. « Je sais, ma chérie, mais il y a d'autres manières de trouver du plaisir sans perdre sa virginité. Et avec une femme. »

Je repensai à tout ce que j'avais vu en regardant à travers

le judas et *jamais* je n'avais vu deux femmes ensemble. La pensée ne m'avait jamais traversé l'esprit.

« Oh, répondis-je, me mordant les lèvres. Vous vous demandez ce que j'ai appris en observant, mis à part mon vocabulaire grossier. »

Parker s'avança pour retirer l'épingle de mon chapeau. Il la déposa sur la table derrière lui.

« Tu regardais les gens baiser ? » demanda-t-il.

Mes joues rougirent et j'y portai mes deux mains. Ce mot... baiser, que Chloé utilisait, à l'instar de tous les occupants du Briar Rose, de manière si nonchalante que j'y étais devenue insensible. Mais quand Parker l'utilisait dans une question qui m'était adressée, je me sentais de suite embarrassée.

Mon absence de réponse en dit assez long. Les deux hommes se regardèrent.

« Tu n'as pas pu rentrer dans les chambres, » dit Parker.

« Bien sûr que non, » bafouillai-je. Au lieu d'être bafouée, ma vertu serait en lambeaux et ma présence se serait répandue en ville comme une trainée de poudre. C'était acceptable qu'un homme—même marié—recherche la passion d'une femme pour une nuit, mais on ne pouvait en dire autant pour une femme en quête des attentions d'un homme. Et tout particulièrement l'héritière Millard.

« D'où observais-tu ? » demanda Sully d'une voix toujours plus profonde. Presque un ordre.

Contrainte de répondre, je désignai le mur où un tableau représentant une affreuse nature morte était accroché.

Sully déplaça la table et décrocha le tableau pour dévoiler un petit trou. Il se pencha—ce dispositif avait manifestement été pensé pour de plus petits curieux—et posa son œil dessus. Je ne pus qu'imaginer ce qu'il devait voir dans le salon. Après une minute, il se retira et laissa Parker regarder à son tour. Il grogna en voyant ce qui se passait.

Il détourna ses yeux et me regarda avec un sourire diabolique. « Tu étais curieuse de ce que tu voyais ? Assez pour être revenue plus d'une fois. Avoue-le ma chérie. Il n'y a pas de honte à avoir.

— Oui. » J'aurais pu mentir, mais c'eut été peine perdue.

« Et serais-tu assez curieuse pour mettre en pratique ce que tu as vu, maintenant que tu es mariée ? »

Je me retournai et arpentai la pièce.

« Mary, » Parker me rappela à l'ordre.

Je me retournai vers eux, mes nerfs me lâchaient. « Je ne sais pas quoi répondre, je vous décevrai quoi que je dise. »

Sully fit le tour de la table en heurtant une des chaises. « Comment ça ? »

Je levai les mains avant de le laisser retomber. « Si je vous dis que je suis curieuse, que j'ai aimé voir ce que j'ai vu, alors vous me verrez comme une fille facile. Si je vous dis que je n'ai rien apprécié, vous penserez que je suis frigide. »

Sully effaça le peu de distance entre nous et me prit dans ses bras. Je sentis son menton se poser sur le dessus de ma tête et sa respiration profonde. Je n'avais aucune idée qu'un homme aussi grand serait du genre à faire des câlins. C'était bon de sentir ses bras, de se sentir rassurée et réconfortée par ce simple geste.

« Tu n'es pas frigide, répondit-il. Tu es pleine d'esprit et passionnée, et ce baiser... ne m'a pas paru froid le moins du monde. »

C'était vrai, il n'avait rien eu de froid.

« Va jeter un œil sur ce qui se passe dans la pièce à côté, » dit Sully. Il me serra encore une fois avant de le lâcher.

Prenant une grande inspiration, je m'approchai du judas. Je savais qu'il donnait sur la petite pièce à côté du salon, illuminée par les lampes et beaucoup de velours rouge. Assis confortablement sur le canapé ; un genou plié et un pied reposant au sol à côté d'une culotte de femme. Je ne pouvais voir son visage, car Amelia était assise dessus. Juste au-dessus ! Ses seins débordaient de son corset dévoilant ses tétons. Elle avait la tête en arrière, les yeux fermés et l'homme posait sa bouche sur elle, juste là ! Il attrapa ses hanches pour la maintenir en place et qu'il puisse continuer à lui dévorer la chatte.

Je gémis. Je n'avais encore jamais rien vu de tel.

« C'est ça que j'aimerais te faire, » murmura Parker. Il se tenait droit devant moi—je ne l'avais pas entendu approcher—et je sursautai, retirant mon œil du judas. Avec ses paumes posées de part et d'autre de ma tête, je n'irais nulle part. Contre le bas de mon dos, je sentais sa queue, dure et épaisse.

« Continue de regarder. Je veux que tu t'assoies sur mon visage comme ça pour que je puisse dévorer ta chatte. Je veux connaitre ton goût, en avaler toute la crème. Je veux que tu hurles de plaisir. »

Ma chatte se contracta pendant que je regardai ce spectacle charnel. L'homme mettait du cœur à l'ouvrage car bien qu'il la maintienne en place, elle bougeait dans tous les sens, criant son abandon.

« Je descendrai ton corset pour mettre un téton dodu dans ma bouche, puis l'autre. Pendant ce temps, Parker passera sa langue sur ton clitoris. » Sully était apparu de l'autre côté et chuchotait dans mon autre oreille.

Ils parlaient pendant que je regardais l'homme faire bouger Amelia, ses mains se posant sur le canapé pour garder l'équilibre, ses cuisses tremblantes. Chloé avait dit qu'elle faisait parfois semblant de prendre du plaisir ; ce n'était clairement pas le cas d'Amelia.

« Tes joues sont rouges, ton souffle court. Tu as envie qu'on te touche comme ça, » dit Parker. »

Une main caressa mon dos. Je ne savais pas à qui elle appartenait mais c'était une expérience incroyable de regarder un couple dans une union aussi charnelle. Je pouvais *sentir* tout en regardant. Une main tira sur ma longue robe, de plus en plus haut jusqu'à ce que sente des doigts effleurer mes bas, avant d'en jouer avec l'attache, caressant ma peau nue.

J'haletai, pas seulement sous cette caresse, mais aussi parce que la femme criait de plaisir. Ma chatte demandait qu'on la libère aussi.

La porte de la cuisine s'ouvrit et le tissu de ma robe retomba au sol. Sully se retourna et fit face à la personne pour me couvrir. Parker se retira. Paniquée, je me retournai, dos au mur, et regardai Parker. Je me sentais comme un enfant qui mange une part de gâteau avant son anniversaire. Au lieu de me gronder, il me sourit avant de me faire un clin d'œil. Comment ce seul sourire avait fait retomber ma tension, je n'en savais rien.

L'importun avait dû se rendre compte qu'il avait interrompu quelque chose et était reparti.

« Peut-être que nous ne devrions pas te baiser sur une table à côté d'un marmite de chou, commenta Parker. Et si on allait plutôt à l'étage ? »

Sully se retourna de sorte que je me retrouve à nouveau entre eux deux, une posture qu'ils semblaient apprécier. Je ne pouvais cacher mon impatience. Je ne pus qu'acquiescer, certaine que les sentiments qui me traversaient seraient vite apaisés par ces deux hommes.

6

 ARKER

Refermant la porte derrière moi, je donnai un tour de verrou et fis face à notre épouse apeurée.

« Quand nous sommes dans la chambre, ton premier rôle est de te déshabiller, mais ce soir, tu as un sursis. »

Quand Mary écarquilla les yeux, et fit mine d'ouvrir la bouche pour répondre, je levai une main pour la faire taire.

« Tu n'es pas encore prête et plus important encore, nous voulons le faire nous-mêmes.

incroyable C'est exact, tu es comme un cadeau de Noël en été, » dit Sully, tournant autour de Mary comme si elle était sa proie. Ce n'était qu'une question de temps avant qu'il ne la dévore. « Je me réjouis de découvrir ce qui se cache sous l'emballage. »

La pièce était équipée d'un lit à baldaquins, plutôt élaborée pour un bordel. Une chaise fourrée reposait dans un coin, et un canapé en velours dans un autre. La seule fenêtre était ornée de rideaux en brocard, mais la vitre était protégée d'un second jeu de rideaux, fermés. Tout était d'un rouge vif. Décadent et exotique.

Je savais pourquoi Miss Rose m'avait proposé cette chambre. C'était un salon privé à louer. Elle était réservée aux clients particuliers, ceux qui payaient très cher pour tant de décadence. Elle servait aussi aux clients qui aimaient bien attacher leurs femmes aux montants du lit, ou les mettre à quatre pattes sur le canapé pour une fessée, ou une double baise. Peut-être les deux. Je remercierai Miss Rose le lendemain matin.

« Il y a des judas dans cette pièce ? » demanda Sully.

Elle regarda autour d'elle en haussant les épaules. « Je ne sais pas. Je n'y suis jamais venue. »

Sully arriva par derrière, glissa ses mains sur ses hanches et le remonta pour empoigner ses seins. « Quelqu'un pourrait-il nous regarder en ce moment-même ? Et voir mes mains sur toi ? »

Elle se raidit en essayant de se retirer, mais ses gestes appuyèrent davantage ses seins contre mes paumes.

« Chut, murmura-t-il. Ils ne verront qu'une femme magnifique avec ses hommes. »

Il la tint encore une minute, lui montrant qui était aux commandes.

Remontant ses mains sur le haut de sa robe, il commença à défaire les boutons de devant, un par un. « *Nous* voulons te voir. »

Je m'assis sur le lit, et regardai ses clavicules délicates se dévoiler, le relief de ses seins, le fin corset. Sully agissait avec dextérité et efficacité, descendant les manches le long de ses bras, avant de faire glisser le lourd tissu le long de ses hanches et de le déposer en boule sur le sol.

Je laissai échapper un soupir. « Tu n'es pas moins

habillée que tout à l'heure, » marmonnai-je, découragé par les couches de tissus qui restaient à retirer.

« C'est la tenue habituelle d'une dame, » opposa-t-elle en se regardant.

Sully défit les attaches de son jupon et l'envoya rejoindre sa robe. Puis son caleçon.

Restaient son corset et sa chemisette.

Sully s'avança pour en défaire les attaches avant de le retirer.

Mary prit une profonde inspiration et souffla longuement. Il était tellement serré, sa peau douce devait être marquée à coup sûr.

Mes doigts me démangeaient de la toucher, mais je me retins. « Quand nous t'habillerons demain, tout ce que tu porteras, sera ta chemisette sous ta robe, rien d'autre. »

Elle semblait plus effrayée à l'idée de ne pas porter de sous-vêtements que de se trouver sous nos yeux en chemisette. Mes mots avaient pour but de la distraire du fait que ses seins appuyaient contre le fin tissu de sa chemisette et que ses tétons roses s'y dessinaient clairement. Le tissu était si délicat que je pouvais même voir les poils sombres de son intimité.

« Je ne peux pas me promener sans corset ! » répondit-elle, en haussant la voix.

Sully prit ses seins dans ses mains. Ils étaient gros pour un si petit gabarit, une bonne poignée. « Hum, murmura-t-il. Tu es une récompense tellement délicieuse. Un corset moins serré alors, un qui ne marquera pas cette jolie peau. »

J'étais ravi que Sully partage mes pensées. Les seins de Mary étaient de lourds et ils deviendraient inconfortables si on les laissait libres, mais il faudrait quand même qu'elle puisse respirer.

Sully continua de jouer avec eux et je vis ses yeux passer

de contemplative à excitée, reposant sa tête contre son épaule. C'était inconfortable d'être assis, ma queue déjà dure appuyant contre mon pantalon. Je l'en sortis et la caressai.

Ayant succombé pour de bon à la sensation des mains de Sully sur ses seins, Mary le laissa retirer le fin vêtement qui nous séparait encore de son corps délicieux et le jeta, lui aussi, sur le sol.

Je grognai de la voir complètement nue. Incroyablement belle, elle était toute à nous.

Ses tétons étaient rose pâle, durs et pointant droit dans ma direction. Elle avait la taille fine et des hanches rebondies, larges et pleines. Elle n'avait rien d'une orpheline, la peau sur les os, au contraire. Ses longues jambes étaient fuselées, et entre elles...

Je grognai de nouveau à la vue de ses boucles sombres, de ses petites lèvres roses qui dépassaient.

« Voyons ce que tu as appris pendant tes visites, dis-je en continuant à me caresser. Qu'est-ce-que c'est que ça ? »

J'espérais que son excitation ferait tomber ses inhibitions et j'avais raison. « Ta queue. »

Sully la caressa gentiment. Ses côtes, son ventre, les contours de ses cuisses.

« Et ça ? » Sully posa sa main sur sa féminité.

« Ma... ma chatte.

incroyable C'est exact. Voyons si nous pouvons la faire ronronner, » murmura-t-il dans son oreille en posant ses doigts sur elle. Peu après, c'est elle qui remuait contre ses doigts, sauvage et impatiente de son propre plaisir. Elle n'avait plus d'inhibitions et devenait très sensible.

« Qu'est-ce-que tu veux ? » murmura Sully, la main toujours enfouie entre ses cuisses.

J'aimais cette image, sa main sombre, toute burinée par le labeur, écartant ses cuisses couleur crème.

« Je veux jouir. Fais-moi jouir, demanda-t-elle.

incroyable Tu as déjà joui ? » demanda Sully.

Elle hocha la tête en se mordant la lèvre.

« Avec tes doigts ? ajouta-t-il.

— Oui, mais ce n'est... pas comme ça. »

Je souris à ce moment-là, alors que sa voix venait de prendre une note de désespoir. « Non, c'est mieux avec tes hommes, tu nous montreras plus tard comment tu te touches.

— Maintenant, ordonna-t-elle. Faites-moi jouir. »

Retirant ses doigts, Sully frappa doucement sa chatte. Elle frémit et ouvrit grands les yeux.

Je secouai la tête. « Tu n'as pas à nous dire quoi faire, ma chérie. Tu as peut-être observé des couples baiser. Tu t'es peut-être même touchée pour te donner du plaisir, mais c'est nous qui sommes aux commandes.

— Nous te disons comment, » dit Sully, en la frappant une nouvelle fois entre ses cuisses écartées. Ses lèvres là en bas étaient gonflées et rouges, son clitoris pointait en réaction. « Nous te disons quand. »

Et de manière incroyable, elle jouit quand Sully heurta son clitoris, son corps frissonnant et en poussant un grand cri. Elle s'effondra dans ses bras et il l'entoura de sa main pour la maintenir droite. Après un long regard partagé avec moi, Sully la frappa une dernière fois sur la chatte tout en y remettant ses doigts pour qu'elle s'agite autour.

« Oui ! » cria-t-elle, perdue dans son propre plaisir en se mettant sur la pointe des pieds.

Nom de dieu, Mary aimait qu'on lui donne des claques sur la chatte. Elle avait joui sans avoir une queue en elle.

Elle avait joui parce que nous lui avions dit que c'est nous qui la contrôlions.

« Je sens sa virginité, dit Sully en retirant ses doigts et en les portant à la bouche de Mary. Ouvre la bouche. »

Elle fit comme demandé et Sully glissa ses deux doigts ruisselants dans sa bouche.

« Sens quel gout tu as. Tu es une petite catin, murmura-t-il dans son oreille. Jouir sans permission. Jouir à cause d'une petite claque sur ta chatte. Nous n'avons même pas encore mis nos queues en toi et tu es si impatiente.

— N'est-ce-pas, ma chérie ? » demandai-je en me caressant de nouveau. Merde, la vision de cette femme abandonnée à son plaisir me rendait désespéré à l'idée de la pénétrer. « Tu es *notre* petite catin. Juste à moi et Sully.

— Peut-être qu'un jour, nous te montrerons à d'autres, mais pas maintenant. Nous sommes trop gourmands. »

Elle haletait maintenant, ses seins se soulevant à mesure que ses tétons se radoucissaient sous mes yeux, son corps manifestement rassasié. Mais nous n'en avions pas fini. *Loin* de là.

« Tu as joui sans permission et tu seras punie en conséquence. »

Un petit gémissement s'échappa de sa gorge. Elle ne craignait pas le mot *punition,* elle se resserra encore sur l'avant-bras de Sully.

La retournant, il lui indiqua le canapé. « A quatre pattes, Mary. Tu étais si belle quand tu as joui, mais tu n'as pas obéi. Maintenant nous allons fesser ton joli petit cul jusqu'à lui donner une jolie couleur rosée. »

« Mais... c'était juste trop bon ! » contra-t-elle, en se dirigeant tout de même vers le mobilier rembourré, l'endroit idéal pour une bonne fessée.

« Si tu aimes te faire fesser la chatte, tu vas adorer ça, » ajouta Sully.

Quand elle se mit en position, avec ses fesses en arrière, ses seins se balançant, je dis, « Si elle aime ça, ce n'est plus une punition. »

Je caressai ses courbes lascives et glissai ma main à l'intérieur d'une de ses cuisses. Bien que je rencontrai une bonne quantité de son excitation, j'écartai encore ses genoux. « Descends sur tes avant-bras. »

Quand elle obéit, ses seins se posèrent sur le cuir frais et son cul pointa vers le plafond. Sa chatte, si rose, si mouillée et si parfaite était à notre vue. Ma queue se languissait de s'y plonger, mes couilles remontant douloureusement, mais j'attendrais. Pour le moment. Pour l'instant, j'allais profiter de cette première fois avec Mary pour découvrir ce qui lui faisait du bien, ce qu'elle aimait au point de faire déborder sa chatte.

Alors j'abattis ma main sur son cul, laissant une marque rouge. Elle haleta de surprise, avant de laisser échapper un gémissement alors que la brulure initiale se transformait en douce et irradiante chaleur.

« Nous devrions réfléchir à quelque chose de moins... plaisant. »

Elle cria et se remit sur ses mains pour regarder Sully.

Il secoua la tête et lui intima de repundre sa position. Sa voix étant profonde et impérieuse. Elle obéit immédiatement.

Je la fessai encore, mais à un autre endroit, puis un autre. Bien qu'elle ondula des hanches, Mary ne changea pas de position. A chaque fessée, elle gémit, un son qui entourait mes couilles et les écrasait.

Sully vint s'accroupir juste devant elle et prit son menton dans sa main. Il l'embrassa tendrement. « Tu aimes te faire fesser par deux hommes, n'est-ce-pas ? »

Elle avait le visage rougi, la peau trempée. Ses cheveux, coiffés en un chignon sur sa nuque s'était libérés et de petites mèches pendaient sur ses joues, dans son cou.

Elle le regarda. « Oh oui. Ça... ça fait mal, mais pas longtemps. Ma peau est chaude et je... j'en veux plus. Je veux jouir. »

Sully sourit de cette confession. « C'est très bien de dire la vérité. Tu aurais pu dire le contraire, ton corps t'aurait démentie, il ne peut mentir. Mais souviens-toi, cela doit rester une punition et tu n'es pas censée aimer ça.

— Je ne peux pas m'empêcher d'aimer ça, » avoua-t-elle.

Sully se releva de toute sa hauteur et vint se placer devant moi. Cela nous prit un moment de la regarder tout notre soul. Notre jeune épouse, nue, à quatre pattes, son cul rougi, sa chatte gonflée et débordante d'envie. Elle était sublime... et à nous.

« Bien qu'elle soit vierge, elle n'a rien d'une innocente, dis-je à Sully. Peut-être que nous pourrions commencer sa formation maintenant. »

Tournant la tête, elle regarda par-dessus son épaule. Ses cheveux étaient tout ébouriffés. « Entraînement ? »

Je désignai ma queue. « Tu vas la prendre, ma chérie. Dans ta chatte, ta bouche et ton cul. »

Sully défit son pantalon, libéra sa queue et elle écarquilla les yeux. « Et tu prendras la mienne aussi. En même temps. »

Elle ouvrit grande la bouche en regardant tour à tour nos deux bites impatientes. Oui, nous venions de la surprendre. « Tu n'en savais rien n'est-ce-pas ? »

Elle secoua la tête et se lécha les lèvres. En prenant la fiole de lubrifiant dans le tiroir de la coiffeuse, je ne pouvais qu'imaginer ce qui se passait dans sa jolie petite tête.

7

Mary

C'était *tellement* bon. Comment quelque chose d'aussi douloureux pouvait-il faire autant de bien ? Quand la main de Parker heurtait mes fesses, ça faisait mal ! Cette douleur cuisante qui irradiait en moi et me faisait crier. Mais au même moment, ma chatte se contractait de l'impatience de se faire remplir par sa queue. Je l'avais vue, elle était grosse et terriblement dure. Plus grosse que toute autre queue que j'avais vue. Les hommes que j'avais espionnés étaient bien petits en comparaison. Et maintenant, alors qu'il me fessait, j'avais envie qu'il me baise.

Mais que cela faisait-il de moi ? Cela voulait-il dire que—

« Où s'est perdue ta jolie petite tête ? demanda Sully, en caressant mon dos. Tu es toute tendue d'un seul coup.

— Je réfléchissais.

— Hum..., murmura Parker. Peut-être que je ne te fessais pas assez fort pour te faire oublier tout le reste. »

Je me raidis encore.

« Mary, gronda Sully. Ça suffit.

— Je pensais à Benson. Si j'aime que tu me donnes la fessée, si j'aime la douleur qu'elle apporte, est-ce que j'aimerais ce qu'il pourrait me faire finalement ? »

Les deux hommes vinrent se mettre à genoux devant moi. Sully me tira le bras pour que je m'asseye devant eux sur le canapé.

« Benson aime faire du mal aux femmes. C'est ça qui lui donne du plaisir. Leur infliger ça, les marquer. Il aime les voir souffrir. »

Parker confirma les mots de Sully. « Nous ne te ferions jamais de mal. Tu aimes la fessée et c'est pour ça que nous te la donnons. C'est nous qui sommes aux commandes. Nous prenons plaisir à te dominer, que tu suives nos directives. Bien que tu ressentes une pointe de douleur, elle est douce et t'apporte un plaisir immédiat. »

Je réfléchis à ses paroles. Quand Parker m'avait fessée, cela avait fait mal, mais pas terriblement et le plaisir s'était transformé en plaisir presque immédiatement. J'avais aimé ça, non, j'avais *adoré* ça.

« L'idée de te faire fouetter te parait attrayante ? » demanda Sully.

J'écarquillai les yeux et croisai les bras. Je secouai énergiquement la tête.

Parker sourit et ils me prirent chacun une main dans les leurs. Ils caressèrent mes paumes de leurs pouces, un geste aussi doux qu'apaisant.

« C'est ça la différence ma chérie, ajouta Parker. Tu n'en as pas envie et nous ne le ferons pas. Ce n'est pas ça qui te rend heureuse ni qui t'apporte du plaisir, alors ça ne nous fait pas non plus plaisir de te le faire.

— Vous aimez me fesser ? »

Ils sourirent tous les deux d'un air diabolique en regardant leurs queues qui se balançaient contre leurs ventres.

« Assez parlé de Benson. Nous n'en avons pas fini avec toi. Tu dois être punie pour avoir joui sans permission. Et manifestement, une simple fessée n'est pas une punition. »

Sully toucha le bout de mon nez « N'est-ce-pas ? » demanda-t-il.

Bien qu'ils soient si dominants, ils s'assuraient que cela me convienne.

Je hochai la tête une seule fois. « Oui, murmurai-je.

— Alors remets-toi en position, ma chérie. » la voix de Parker avait perdu sa gentillesse pour redevenir profonde et imposante. Ce ton précipita un frisson le long de mon dos et j'obéis.

« A mon tour, alors, dit Sully, en passant derrière moi. Peut-être que Parker est juste trop doux. »

Je ris à cette idée mais je poussai vite un gémissement quand son gros doigt écarta mes lèvres pour se glisser en moi.

Je criai en sentant quelque chose à l'intérieur de ma chatte. Ça brulait un peu, tant son doigt était gros, et que j'étais vierge.

« Trempée, » dit-il avant de retirer son doigt.

Je me sentis vide. Remuant mes hanches, j'espérai qu'il me reprenne avec son doigt.

Une main s'abattit sur mon derrière. Pas plus fort, mais différemment. « C'est nous qui décidons quand et comment, ma chérie. Tu as encore envie de mon doigt ?

— Oh oui, » gémis-je. Je voulais l'attirer en moi et l'enserrer.

Quand son doigt revint enfin, ce ne fut pas là où je l'attendais. La douce pression contre le plus sombre des endroits de mon corps. Je me raidis mais une main vint se poser sur mes fesses, pendant que le doigt s'agitait.

« A ta réaction au doigt de Sully appuyant contre l'entrée de ton cul, j'en déduis que tu n'as jamais vu une femme se faire prendre par derrière ? » demanda Parker.

Je secouai la tête, me concentrant sur les étranges sensations que Sully avait provoquées. Il n'était pas rude, mais tendre, et pourtant insistant. Je laissai tomber ma tête entre mes mains, sur la fraicheur du cuir. Je regardai entre mes cuisses écartées et vis les jambes musclées de Sully.

Le doigt se retira, et je soupirai mais il revint ensuite, glissant et froid. Cette fois-ci, la pression se fit plus forte, tout en restant délicate, appuyant pour m'écarter.

J'haletai quand il se glissa doucement en moi.

« Détends-toi. Laisse-moi entrer. Encore une grand inspiration. Oui, tu vois ? Ton cul vient de s'ouvrir rien que pour moi. »

Mes doigts agrippèrent le cuir du canapé alors que Sully se frayait un passage. J'étais écartée et la pointe de son doigt me remplissait. Rien de douloureux mais plutôt inconfortable.

« Pourquoi ? Pourquoi voudriez-vous— »

Je me demandai pourquoi diable ils voudraient mettre un doigt à cet endroit et je le leur demandai, mais plutôt qu'une réponse verbale, Sully se contenta de retirer à peine son doigt et la zone qu'il caressa s'éveilla. Une vague de chaleur aveuglante me fit crier, et fort.

Sully ricana, avant de remettre son doigt en moi. Comme j'en avais envie, je me détendis et il rentra un peu plus loin que la fois précédente, avant de se retirer.

« Oui ! criai-je. Oh mon dieu, oui. »

De la sueur transpirait des pores de ma peau et mon besoin de jouir devint un feu dévorant à travers mon corps.

« Ce n'est que la pointe de mon doigt qui baise ton cul, ma chérie. Imagine si c'était ma queue, dit Sully, en faisant de petits va-et-vient avec son doigt.

— Je vais jouir, » avertis-je. J'étais comme un train lancé à toute vapeur.

« Oh non, répondit Parker. Ta punition est de contenir ton plaisir. Tu n'as pas le droit de jouir. Sully va te fesser dix fois, et tu vas compter. »

Sa main s'abattit et j'entendis son bruit sourd avant d'en ressentir la brulure. Mais mon esprit ne sembla pas l'imprimer autant que son doigt dans mon cul qui s'enfonçait toujours plus loin. Je gémis, si fort et si désespérément. Comment cela pouvait-il être aussi bon ?

« Compte, Mary, dit Sully.

— Un, » soufflai-je en frottant ma joue rouge contre le cuir.

Bam!

Les doigts de Sully se retirèrent presque complètement de mon cul et je vis des étoiles à travers mes yeux mi-clos.

« Deux ! »

Bam!

Son doigt s'enfonça encore plus profondément.

Fessée après fessée, je comptai. Fessée après fessée, Sully enfonçait son doigt dans mon cul.

Mon corps était désespéré de jouir. Je ne pensais plus qu'au besoin de lâcher prise et de succomber à la pure libération. C'était un plaisir douloureux. Une pointe de douleur faisait pointer mes tétons et pulser mon clitoris. *Ne jouis pas. Ne jouis pas. Ne jouis pas.*

Je comptai et refoulai mon désir, jusqu'à gémir « Dix. » J'étais sur le point de jouir.

Sully se retira complètement de moi.

« Non ! Je t'en prie, non, » criai-je. Je ne voulais pas qu'il arrête avec son doigt.

D'un bras autour de ma taille, Sully me souleva pendant que je vis Parker s'allonger sur le canapé, son dos et sa tête confortablement calés, ses genoux pliés pour que ses pieds reposent sur le sol. Sa queue pointait droit vers le plafond, un fluide clair s'échappait de sa pointe évasée.

Sully me fit descendre de sortes que mes genoux se retrouvent de part et d'autre de Parker, ma chatte juste au-dessus de sa queue.

« C'est l'heure de te donner à nous, » dit Parker, sa queue dans sa main. Il se caressait, la chair rouge et gonflée avait presque l'air en colère. « Tu as déjà vu une femme chevaucher la queue d'un homme ? »

J'acquiesçai tout en me mordant la lèvre.

« Installe-toi sur la queue de Parker, ordonna Sully. Prends le bien profond. »

Pliant les genoux, je sentis la grosse pointe de sa queue contre ma chatte et en écarter les lèvres.

« Il est si gros, » murmurai-je, sentant mes lèvres s'écarter. Mon cul picotait encore du doigt de Sully et mon corps était désespéré de jouir. L'idée de sa grosse queue en moi, déchirant ma virginité ne me faisait même pas peur.

« En effet, ma chérie. Et je vais te remplir sur le champ » sourit Parker.

Je me laissai tomber sur lui et il me pénétra, un délicieux centimètre après l'autre. Il m'écartait, me remplissait et je gémis.

« Ah, la voilà, la dernière barrière entre nous, » grogna-t-il.

Je grimaçai en le sentant rebondir contre la fine membrane.

« C'est le moment de m'appartenir. De nous appartenir. »

Sully s'approcha par derrière, et posa une main tendre sur mon épaule pendant que je sentis son doigt glissant sur mon cul. La combinaison de sa queue à demi-enfouie en moi et du doigt de Sully me fit trembler.

« Quand nous t'aurons remplie, tu pourras jouir, » murmura Sully. Je vis Parker regarder Sully par-dessus mon épaule.

Posant ses mains sur mes hanches, Parker poussa vers le haut tout en me faisant descendre. En même temps, le doigt glissant de Sully revint dans mon cul.

La douleur causée par la queue de Parker déchirant ma virginité, ouvrant ma chatte et la douce brulure sur mes fesses mêlée au doigt de Sully dans mon cul provoqua une telle vague de plaisir que mes yeux en virent des éclairs pendant quelques instants. Impossible de me retenir. Je frémis, en remuant, et haletai avant de crier.

Rien, non rien ne m'avait préparée à ressentir cela. J'étais perdue, jetée aux quatre vents et ballotée dans tous les sens. Impossible de contrôler quoi que ce soit, de me raccrocher à quoi que ce soit, mais je savais que j'étais en sécurité. Sentir les mains de Parker contre mes hanches et la main de Sully sur mon épaule étaient comme une ancre qui me rattachait à la réalité et me permettait de lâcher prise en sachant qu'ils me rattraperaient. Ils prendraient soin de moi.

Lentement, je revins à moi. Les deux hommes s'étaient tenus tranquilles pendant que j'avais joui, la queue de Parker pulsait à l'intérieur de moi, le doigt de Sully toujours insistant et profond.

Ouvrant les yeux, je regardai Parker. Il avait les joues rouges, les muscles du cou tendus.

« Ma chérie, c'était ta punition. »

Il sourit d'un air diabolique et je ne pus m'empêcher de sourire moi aussi.

« Tu seras punie quand tu désobéis, mais nous te promettons que tu seras aussi récompensée après. »

Je me laissai tomber sur sa poitrine, le tissu de sa chemise frotta contre mes tétons sensibles. « Je suis si fatiguée, murmurai-je.

— Oh que non. » Avec des mains douces, il me repoussa pour que je sois assise à califourchon sur lui, sa queue au milieu de mes jambes.

« C'est au tour de Parker, Mary, dit Sully. Emmène sa queue faire un tour. »

J'avais toujours le doigt de Sully en moi et je me serrai dessus. Les deux hommes grognèrent. Je me sentis puissante en cet instant. Satisfaite, transpirante et délicieusement puissante.

Regardant par-dessus mon épaule, je regardai Sully. « Mais... mais ton doigt. »

Il arqua un sourcil et sourit diaboliquement. « Tu ferais bien de t'habituer à avoir quelque chose entre les fesses. »

Que voulait-il dire exactement ?

« Mais—

— Savons-nous ce qui est le meilleur pour toi ? demanda-t-il.

— Oui, mais... quelque chose... là, souvent ? »

Il retira doucement son doigt, avant de le réintroduire en moi, ses autres doigts rebondissant contre mon derrière rougi.

« Oui. » Et c'est tout ce qu'il répondit. « Baise la queue de Parker. »

Je voulais bouger, ma chatte impatiente, alors je poussai sur mes genoux et me redressai. La queue de Parker glissa contre les murs de ma féminité et j'haletai de bonheur. Dans le même mouvement, je m'éloignai du doigt de Sully, mais pas complètement. J'étais toujours ouverte pour lui aussi

Descendant mon corps, je le sentis s'enfoncer.

Je jetai ma tête en arrière en sentant revenir le plaisir. Ni douleur, ni sensation d'inconfort suite à la perte de ma virginité. Je me demandai comment mon corps pouvait encore vouloir du plaisir après mon premier orgasme, mais mon corps était de nouveau chaud, et souple. Mon clitoris frottait contre le bas-ventre de Parker et je remuai, gémissant d'avoir mes deux orifices comblés.

« Laisse-toi aller et profite. Jouis quand tu veux. »

Avec la permission de Sully, je commençai à bouger. Je me souvins avoir vu les prostituées baiser comme ça et je comprenais pourquoi elles aimaient autant ça. Mais aucune d'entre elles n'avait jamais eu de second homme pour mettre leur doigt bien profond dans leur cul. C'était sombre et charnel et mal, très mal, et pourtant merveilleux.

Sully et Parker ne me jugeaient pas pour mon attitude dévergondée. En fait, c'était eux qui m'inspiraient, me poussaient à découvrir et profiter des plus déviants désirs.

Mais j'oubliai vite tout cela, alors que l'instinct et l'éveil d'un nouvel orgasme m'emportaient. Je me soulevai et redescendis pour baiser la queue de Parker. Ses doigts se resserraient sur mes hanches, mais il me laissait bouger à mon gré. Le doigt de Sully était insistant et s'enfonçait fort à chaque mouvement, les sensations de son gros doigt m'emmenaient vers les frontières du plaisir.

Je jouis encore, contractant les parois de ma féminité qui pulsaient autour de la queue de Parker.

Mes hanches s'arrêtèrent et je me laissai succomber. Parker prit le relais, me pilonnant de ses hanches, m'utilisant à son tour pour son propre plaisir. Son souffle et son rythme devinrent saccadés et son envie devint plus forte. Je le sentis gonfler et durcir en moi avant qu'il ne donne un dernier coup de hanche, l'emmenant si profond qu'il heurta le fond de ma féminité. Il grogna en jouissant. Et je jouis encore, emportée par un plaisir délicieux, alors que sa semence jaillissait en moi.

Cette fois-ci, quand je retombai contre son torse, il m'enveloppa de ses bras et caressa mon dos trempé.

Alors que Parker reprenait son souffle, je savourai d'être ainsi repue et détendue. Sully retira doucement son doigt et je gémis. Je l'entendis retirer ses vêtements et les vis tomber près de moi au sol.

Une caresse peau contre peau me fit tourner la tête doucement et je contemplai un Sully nu qui caressait sa queue très impatiente.

« Au tour de Sully, ma chérie, murmura Parker. Regarde cette queue. Elle a besoin de toi, besoin de ta chatte. »

Parker m'agrippa en s'asseyant, avant de bouger pour m'allonger en-dessous de lui, à sa place.

Se redressant, il rangea sa queue bien employée dans son pantalon.

Sully s'avança au bord du canapé, saisit mes chevilles et me fit glisser sur toute sa longueur, pour que mon derrière se retrouve au bord. Ma peau rougie appuyait contre le cuir frais.

Bien qu'intense, Sully avait toujours été doux avec moi. Même son doigt avait sondé mon cul de la manière la plus délicate. Mais maintenant, maintenant il s'affairait à garder à distance la bête qui grondait en lui. Son corps était couvert d'un voile de sueur. Il avait le visage rougi, ses lèvres ne formaient plus qu'une ligne fine. Les veines de ses tempes pulsaient et le fluide clair s'échappant de sa queue gouttait sur le parquet.

Le voir ainsi m'excita de nouveau. Je l'avais rendu ainsi.

Alors que le juge avait eu peur de Sully, c'était moi qui avais réduit le hors-la-loi à ses plus bas instincts.

« Remonte tes genoux. Plus haut. Tiens-les comme ça. »

Je me plaçai comme Sully l'avait demandé. J'aimais la sombre morsure de sa voix, faire comme elle ordonnait. Je savais désormais que même s'il faisait ce qu'il voulait de moi, je jouirais aussi. J'en étais sûre.

Posant un genou au sol, puis l'autre, il se plaça entre mes cuisses écartées. Il était à la parfaite hauteur pour aligner sa queue sur ma chatte. Sans préambule, il se fondit en moi dans un grand mouvement. Il me pénétra encore plus profondément que Parker, si tant est que ce soit encore possible. Peut-être était-ce l'angle, peut-être que sa queue était encore plus longue, mais j'en sentais chaque large centimètre.

Il me prit très fort, tant son désir était intense. Les yeux sur ma chatte, il regardait sa queue disparaître en moi avant d'en ressortir, couverte d'un mélange de mon excitation et de la semence de Parker.

« Nous ne faisons plus qu'un, Mary. Ta chatte, la semence de Parker et ma queue. Je vais te remplir de la mienne. Nos semences mêlées couleront de ta chatte toute la nuit et te garderont bien glissantes pour que nous puissions te prendre à nouveau. »

Il me prévenait de ses intentions, de la manière dont il allait me baiser, comment Parker allait me prendre, comment il allait se fondre en moi.

Parker se mit à genoux à côté du canapé et empoigna mes seins, jouant avec eux, tirant sur les tétons alors que Sully ne mollissait pas. J'arquai le dos tout en gardant les genoux relevés pendant que Sully jouit, me poussant dans un dernier orgasme. Comme Parker, je sentis sa semence jaillir en moi, des jets puissants contre ma féminité. Chacun d'eux m'avait marqué et j'adorais ce concept tenant presque de l'homme de Cro-Magnon.

Nos souffles saccadés étaient les seuls bruits de la pièce, par ailleurs emplie de l'odeur de foutre. J'étais suante, collante et irritée. Je me sentais utilisée et... bien baisée.

Quand Sully se retira, je sentis leurs fluides combinés s'échapper de moi.

La main de Sully vint se placer à l'extrémité de ma chatte. « En voilà une belle vision, ma chérie. Ta chatte, toute gonflée et bien employée, avec notre semence qui en déborde. »

Les doigts de Parker rejoignirent ceux de Sully, frottant leurs semences sur moi. « Nous ne voulons pas en perdre une goutte. »

Parker sourit alors que leurs mains glissèrent sur la plus intime des parties de mon corps. « Et toi qui pensais ne pas être prête. »

8

Mary

Je me glissai dans une baignoire fumante dans la salle de bain, les yeux fermés. Les effluves du savon à la rose sentaient bon, tout comme celles des huiles de bain posées sur un panier en cuivre fixé contre la baignoire également en cuivre. Du cuivre partout, provenant certainement de la mine de mon père.

La maison close était silencieuse au petit matin, les clients étaient partis, satisfaits et les femmes dormaient pour se remettre de leur nuit de labeur. C'était le moment idéal pour soulager mes nouvelles douleurs. Peut-être pas des douleurs, mais j'étais clairement irritée. Impossible d'empêcher un large sourire de fendre mon visage radieux alors que je me remémorais comment j'en étais arrivée là.

« C'était bon à ce point-là ? »

J'ouvris les yeux pour apercevoir Chloé dans l'encadrement de la porte. Elle ne portait qu'une fine chemisette blanche et un châle autour des épaules. Elle sourit en papillonnant des paupières.

« C'était... mieux que bon. » J'essayai de trouver le qualificatif approprié, mais il n'en existait aucun. Je doutais que mon précepteur ait une idée pour définir les sensations d'une femme qui vient de se faire baiser par deux hommes.

Chloé entra et referma la porte derrière elle, veillant à ne pas la faire claquer.

« Je suis surprise que tes hommes t'aient laissée t'échapper. »

J'attrapai une barre de savon et jouai avec entre mes doigts. « Ils ont quand même contesté, évidemment.

— Évidemment, » ricana-t-elle, en s'asseyant sur un tabouret, les genoux remontés contre sa poitrine. Ses cheveux roux étaient coiffés en une natte épaisse qui lui tombait sur les épaules, tenue en son extrémité par un simple ruban bleu.

« Mais ils comprennent que j'ai envie d'un bain.

— Tu m'étonnes. Tu en as de la chance, non pas un mais deux superbes cowboys. Et Shooter Sullivan dans ton lit. » Elle soupira ensuite. « Je parie que son engin est aussi gros qu'un étalon. »

Je levai les yeux au ciel à son insinuation.

« Cet autre type, Benson. J'ai une raison de plus pour que tu ne l'aies pas épousé. »

A la mention de son nom, je me raidis, faisant déborder l'eau par-dessus les montants de la baignoire. « Oh ?

— Un de mes clients d'hier soir est son contremaître. » Chloé s'approcha de la baignoire, se pencha et me glissa à l'oreille comme si c'était un secret. « La mine, il n'y a plus de cuivre. Les veines se sont taries. »

J'écarquillai les yeux. « Taries ? »

Incroyable. L'homme dépensait son argent comme s'il le tirait du sol, et c'était le cas. Si la mine était épuisée, il ne se comportait pas comme tel.

Elle se mordit la lèvre et hocha la tête. « Assez parlé de cette ordure. Raconte-moi tout ce qui s'est passé la nuit dernière. »

J'éclatai une bulle à la surface. « Quoi ?

— Mary Millard, commença-t-elle, avant de glousser. Je veux dire, Mary Sullivan, tu étais vierge la nuit dernière et ta première fois s'est déroulée avec deux hommes. Je n'ai jamais fait ça avec deux hommes et je suis une putain à trois sous de Butte. »

Je plissai les yeux. « Tu es bien plus qu'une putain à trois sous, la grondai-je.

— Et comme je le disais auparavant, je n'ai jamais fait ça avec deux hommes. » Elle se pencha, impatiente et les joues rouges. « Je veux tout savoir.

— Je ne sais pas quoi te dire. Je n'ai aucun point de comparaison. »

Chloé était contemplative. « En effet. Alors c'est moi qui vais te poser des questions et tu es obligée de répondre. »

Je n'étais pas sûre du niveau de détails que j'étais prête à partager. C'était une chose pour moi d'espionner les escapades sexuelles des gens de la ville mais une toute autre que de m'étendre sur les miennes, aussi ténues soit-elles.

« Avant tout, tu n'es plus vierge, n'est-ce-pas ?

— Correct. » C'était une question facile. J'avais épousé deux hommes dominants et virils. Il n'y avait aucune chance que je passe ma nuit de noces sans être consommée.

« Ils t'ont baisée toutes les deux ? »

Je voyais mes seins sous la surface de l'eau, mes tétons

tous doux mais je me souvenais comment ils étaient durs quand Parker les avait pris dans sa bouche.

« Oui.

— Ensemble ? » Sa question reflétait son excitation.

Je secouai la tête. J'avais empilé mes cheveux sur ma tête avec une épingle mais les boucles tombaient sur mon visage et dans mon cou. « Ils ont dit que je n'étais pas encore prête, que j'avais encore besoin d'entraînement.

— Hum... répondit-elle perdue dans ses pensées.

— Chloé. » J'avais pour elle une question que je n'osais pas poser. Mais je pris une grande inspiration car elle était certainement la seule à qui je pouvais la poser. « Dans ce contexte, qu'est-ce-que cela signifie, besoin d'entraînement ? »

Elle étendit ses jambes devant elle. « Tes hommes sont des amants attentionnés. Ils veulent baiser ton cul, mais il est probablement très étroit. »

Je tournai les yeux vers elle avant de les détourner. J'acquiesçai pour toute réponse, cette discussion portant sur une partie très privée de mon anatomie me mettait atrocement mal à l'aise, mais je voulais poursuivre malgré tout.

« C'est ton cul qui a besoin d'entraînement, pas toi. Il a besoin d'être écarté doucement pour accueillir une queue sans te faire mal.

— Oh. » Je repensai au doigt de Sully et à la manière dont il l'avait utilisé pour *m'entraîner*.

« Et comment vont-ils faire ? demandai-je, gardant pour moi les pérégrinations du doigt de Sully dans la profondeur de mon anatomie.

— Oh, eh bien, avec des outils appropriés. »

Je fronçai les sourcils en pensant aux outils accrochés au mur de l'atelier.

Elle se leva et se dirigea vers la porte. « Je reviens tout de suite ! »

Elle était sortie avant que j'aie même eu le temps de me demander où elle était allée. Je passai le savon sur mon corps et me rinçai les aisselles avec mes mains. Je terminais juste quand Chloé revint et referma la porte derrière elle. Elle tenait dans la main un petit objet.

« Voici un outil adapté. »

Cela ressemblait à... « C'est un repriseur à chaussettes ? »

Elle secoua la tête et ricana encore. « Mais non, nigaude. C'est un gode. Tu te le mets dans le cul. Tu vois qu'il est étroit à la pointe et qu'il s'évase ensuite avant de se rétrécir. C'est la partie qui ressort pour le maintenir en place.

— C'est à toi ? »

Elle me regarda comme si j'étais folle. « Bien sûr que non. C'est un menuisier qui les fabrique pour la maison close. Celui-ci vient d'une boîte que je viens de recevoir. »

J'ouvris grande la bouche à l'idée de mon cul se resserrant sur cette chose. « Je n'ai jamais... je veux dire, jamais vu quelqu'un utiliser un objet comme ça. »

Elle posa un doigt sur ses lèvres. « Je ne me souviens pas avoir jamais regardé avec toi une des filles se faire prendre par derrière. Si cela avait été le cas, elle n'en aurait pas utilisé parce qu'elle a de l'expérience et n'en aurait pas eu besoin. »

Cela avait du sens.

« Alors—» J'allais lui poser d'autres questions mais on frappa à la porte.

« Mary ? »

Chloé me regarda.

« C'est Sully.

— Tu veux le laisser entrer ? chuchota-t-elle.

— Comme si quoi que ce soit pourrait le retenir ? » répondis-je.

Chloé ouvrit la porte et Sully entra. Bien que rhabillé, sa chemise dépassait de son pantalon et il était pieds nus. Avec ses cheveux sombres en bataille et sa barbe naissante, il était sauvage et très séduisant.

Quand il me vit dans la baignoire, il plissa les yeux. De sa hauteur, il pouvait me voir toute entière. J'étais peut-être vierge la nuit dernière, mais je connaissais ce regard. « Je suis venu m'assurer que tout allait bien.

— Je discutais avec Chloé.

— Qu'est-ce-que c'est que ça ? » demanda-t-il en désignant le gode dans la main de Chloé.

Elle ouvrit grands les yeux et me regarda, un peu paniquée. J'appréciais qu'elle se soucie de moi, vu que nous avions parlé en toute confiance. Maintenant, notre conversation n'était plus un secret.

« C'est... c'est un gode anal, murmura-t-elle.

— Il est à toi ? » demanda-t-il.

Chloé secoua la tête, mais sans le petit air qu'elle m'avait lancé quand j'avais posé la même question. Elle semblait avoir un peu peur de Sully, ou du moins de Shooter Sullivan. « Non, il vient de la dernière livraison du menuisier.

— Ah, très bien. Excellent timing. Je peux l'avoir ? »

Après un dernier regard vers moi, elle le lui tendit. Il semblait si petit dans la large main de Sully, mais je ne voyais pas comment il pourrait rentrer en *moi*.

« Tu as terminé ? » me demanda-t-il.

J'acquiesçai, comme l'eau avait refroidi et la pièce était un peu trop encombrée à mon goût.

Regardant autour de lui, il prit un une serviette de bain accrochée au mur et me l'apporta. Je me levai, ruisselante. C'était étrange d'être nue avec lui, mais après la nuit dernière, c'était bête de s'embarrasser. Sully me tendit la main et je sortis de la baignoire pour qu'il m'enroule dans le linge.

Ce faisant, il dit, « Parker est réveillé et nous ferions bien de partir avant qu'il ne soit trop tard. Mais avant tout, nous allons te raser la chatte. Et maintenant que nous avons ce petit cadeau de Chloé, nous allons aussi pouvoir commencer ton entraînement. »

Ma bouche en tomba alors que je serrai contre moi le tissu moelleux. « Je te demande pardon ? » dis-je. Il avait bien dit raser ?

Il s'approcha d'un placard et en ouvrit la porte en verre avant d'en sortir un nécessaire de rasage et de se tourner vers moi.

« Raser ? » glapis-je.

Je jetai un œil vers Chloé qui se contenta de se mordre la lèvre. « Je... je vous laisse tous les deux... ou trois—» elle gloussa encore.

Elle fila par la porte et je me retrouvai seule avec Sully.

« Raser ? » répétai-je.

Ses mains étaient chargées d'un rasoir, d'une bande de cuir pour l'affuter, d'un bol de rasage et un blaireau au manche d'ivoire. Sans compter le gode anal. « Oh mon dieu.

— Oui, nous allons te raser la chatte. »

Je fronçai les sourcils. « Mais pourquoi ? »

Il se dirigea vers la porte, l'ouvrit et jeta un coup d'œil dans le couloir avant de se retourner vers moi. Il avait une lueur sombre dans le regard et le coin de sa bouche se soulevait. « Parce que je veux te dévorer la chatte et que ce soit tout doux.

— Dévorer ?

— Viens. Parker nous attend. Après t'avoir rasée, nous pourrons présenter ce joli gode anal à ton petit cul.

— Je ne veux pas être rasée, avouai-je. Et ça... ça ne rentrera jamais en moi. »

Il me prit par le coude et me tira dans le couloir vers notre chambre. Il referma la porte derrière lui d'un geste de la hanche.

Parker était assis sur le côté du lit et enfilait une botte. Il me contempla, vêtue d'une seule serviette de bain.

Il se leva, s'approcha et m'embrassa. A peine sa bouche contre la mienne, j'oubliai toute autre pensée. Ses lèvres douces caressèrent les miennes, une fois, puis deux. Son baiser devint plus profond, sa langue jouant avec la mienne. Ses mains agrippèrent mes bras et je sentis une vague de chaleur m'envahir, et pas à cause de l'eau du bain. Ma chatte se contracta en souvenir de ce à quoi pouvait mener un tel baiser.

Quand Parker releva enfin la tête, je découvris la serviette tombée en tas à mes pieds, me laissant nue devant eux.

« Elle ne veut pas être rasée, » dit Sully.

Parker arqua un sourcil. « Oh ? Et pourquoi donc ? »

La réponse me paraissait évidente.

« Et pourquoi le voudrais-je ? »

Il sourit alors, juste avant de me soulever et de m'allonger sur le lit. Il resta debout au bord du lit et avec ses mains sur mes cuisses, m'amena tout au bord. Il posa mes pieds sur le matelas l'un après l'autre avant de se mettre à genoux. Me redressant sur mes coudes, je regardai mon corps nu à sa merci. Sa tête était parfaitement alignée sur ma chatte.

Alors il descendit sa tête et posa sa bouche sur moi. Juste là.

« Oh mon dieu ! » criai-je.

La pointe de sa langue longea les contours de ma féminité et il utilisa ses pouces placés à l'intérieur de mes cuisses pour en écarter les lèvres. Avec plus d'excitation que de douceur, il me lécha. Mon clitoris, sur chaque lèvre et juste à l'entrée.

Je relevai mes hanches pour qu'il puisse continuer mais il leva la tête et sourit. Du revers de sa main, il s'essuya la bouche qui était luisante... oh ! Elle était luisante de mon excitation.

« C'est pour faire ça que nous voulons te raser. » Parker leva la main et Sully lui tendit le nécessaire à raser. « Attends seulement. Tu verras. Fais-nous confiance et tu vas apprécier. Adorer, même.

— Mais complétement ? » demandai-je. Devaient–ils tout enlever ?

Parker eut un regard attentionné en tirant doucement sur mes petites boucles. « J'en laisserai un tout petit peu ici. Un pâle triangle qui pointera droit vers ma—

— Notre, corrigea Sully.

— Petite chatte parfaite. »

Je n'étais pas sûre que ce soit un compliment.

« Chloé nous a aussi donné ça. » Sully tendit le gode à Parker qui le prit et je rougis furieusement.

« Sully, » gémis-je.

Après avoir placé le bol de rasage sur le lit le long de ma cuisse, Parker le prit et l'étudia. D'aussi près, je pus voir qu'il s'agissait de bois sombre et parfaitement lisse. Il était gros, mais guère plus large que le doigt de Sully.

Avec la plus grande délicatesse, Parker le passa sur mon clitoris, et glissa de plus en plus bas vers l'entrée de mon cul. « Une fois rasée, nous mettrons ce gode juste là. Pour commencer ton entraînement. Tu veux nous prendre tous les deux en même temps, n'est-ce-pas ma chérie ? L'un dans cette délicieuse petite chatte, l'autre dans ton cul encore indompté.

— Tiens-toi tranquille pour Parker, Mary, et quand il aura fini et que cette petite chatte sera nue et ce petit cul rempli, tu pourras jouir, promit Sully. Tu pourras choisir entre la bouche de Parker ou ma queue. »

Oh mon dieu.

9

Sully

Ce ne fut pas chose facile que de quitter la maison close, son lit confortable parfait pour satisfaire son épouse. Miss Rose avait fait seller des chevaux qui nous attendaient pour rejoindre Bridgewater. Nous étions partis avec un minimum de provisions, mais ce n'était qu'à quelques heures et nous y serions à l'heure du déjeuner, si tout allait bien. Bien sûr, l'idée de la chatte de Mary bien rasée à l'exception d'un petit triangle clair, et la base sombre du gode anal écartant ses fesses me garda en érection tout le trajet. C'était une manière très inconfortable de voyager. Je voulais ramener Mary au plus vite et la garder nue au lit pendant toute une semaine pour assouvir ce besoin d'elle que je ressentais, mais je devais aussi penser que Benson ne renoncerait pas.

Il ne connaissait pas plus que mon nom de famille, alors cela lui prendrait du temps, même avec un budget illimité de me retrouver. Ainsi, nous avions un peu de temps, quelques jours au moins, mais nous ne ferions pas courir le moindre risque à nos amis. Ils devaient savoir ce qui se tramait pour mettre à l'abri les femmes et les enfants et échafauder un plan pour neutraliser Benson une bonne fois pour toutes.

Pour cette raison, au lieu de rentrer chez nous, une visite chez Ian et Kane s'imposait. C'était le lieu où déjeunaient ceux qui ne travaillaient pas. Passée la surprise, des regards bienveillants accueillirent Mary après que nous l'ayons présentée comme notre épouse. Les femmes l'avaient kidnappée dans la cuisine où Mason s'affairait aux fourneaux. En entendant que Mary était une héritière Millard, Kane nous fit entrer dans son bureau et referma la porte. Aucun d'entre nous n'avait peur de Benson, mais la menace était réelle.

« Il veut Mary, » déclarai-je au groupe. Hormis Parker et Kane, Andrew, Robert et Brody nous avaient rejoints. Bien qu'ils viennent d'horizons différents, tous étaient des militaires d'expérience. Il fallait s'occuper du cas de ce riche enfoiré de Benson.

« Je comprends qu'il en a après vous, dit Kane. Et je doute qu'il se contente de vous taper sur les doigts. »

Ses mots étaient empreints de son accent anglais. Avec Ian, ils avaient été les premiers à se marier, avec Emma. De leur union était née une petite fille, Ellie.

Kane et Ian, ainsi que quelques anciens de l'armée britannique avaient fondé Bridgewater. Un de leurs officiers avait assassiné une femme et piégé Ian pour le faire accuser de son terrible forfait. Plutôt que d'affronter les injustices politiques d'un procès en Angleterre—c'était la parole d'un Ecossais contre celle d'un Lord anglais—ils avaient préféré fuir en Amérique pour mener une vie simple.

Et c'est exactement ce à quoi j'aspirais. Une vie simple, et c'est alors que j'avais épousé Mary.

« Si tu meurs, il pourra l'épouser et ajouter sa mine à celles de son père, poursuivit Kane. Ou faire ce que bon lui semblera.

— L'argent est clairement son unique but. » Parker croisa les bras. « Il ignore mon existence, tout comme le fait que Mary m'appartient aussi. »

Je m'appuyai contre le mur et regardai les autres hommes. « En d'autres termes, si je meure, Parker l'épousera officiellement, dis-je

— Régie Benson est un salopard de la pire espèce, » lança Robert. Il s'était assis sur le bord du bureau et passait ses doigts dans sa barbe. « Je ne l'ai jamais rencontré, mais sa réputation le précède. »

Andrew hocha la tête. « Cet accident de mine l'année dernière aurait pu être évité, mais il n'en a rien à faire. »

Il y avait eu un effondrement car Benson n'avait pas fourni assez de bois pour étayer les galeries. L'une d'entre elles s'était écroulée et quatre mineurs avaient trouvé la mort. En moins d'une journée, cinq remplaçants étaient arrivés. Des hommes comme ceux que nous avions vus dans le train, en quête d'un nouveau départ. Pour Benson, ils étaient des consommables.

« Tu es en possession de ce qu'il veut, ajouta Andrew. Il te traquera rien que pour ça, par principe. »

Kane secoua la tête, croisa les doigts en s'adossant contre le dossier de son fauteuil. Il ne viendra pas lui-même. Il enverra des hommes de main. Les hommes comme lui ne salissent pas les leurs. »

Je me redressai du mur. « Il s'en prendra à celui qui a épousé Mary, pas moi spécifiquement. Il ne sait pas à qui il a affaire. »

Parker rit. « C'est exact. Il n'a aucune idée que c'est Shooter Sullivan qu'il va affronter. »

Je secouai la tête en entendant mon surnom. « Tout ce que je veux c'est une vie paisible. »

C'était mon mantra et je le répétais sans cesse.

Brody rit à son tour. « Tu as pris Mary Millard pour épouse. Une héritière comme elle ne vient pas sans complications.

— Et elle est tout sauf calme, » ajouta Parker en remettant sa queue en place. Il faisait certainement allusion à ses cris de plaisir. Le sourire évocateur de Miss Rose ce matin quand elle nous avait salués laissait penser que nos actions de la nuit n'était pas passées inaperçues.

« Depuis quand Laurel est-elle moins compliquée ? » demanda Andrew à Brody. Bien que ni Parker ni moi ne vivions encore à Bridgewater quand Laurel, la femme de Brody et de Mason, avait été retrouvée en plein blizzard. Nous connaissions son histoire, elle aussi était une riche héritière —pas aussi riche que Mary cela dit—et son père avait planifié son mariage avec un homme triste. C'était une période difficile pour elle, mais cela les regardait tous les trois.

Brody sourit en secouant la tête. « Même si cette histoire est terminée, elle reste un sacré numéro.

— Cela n'a guère été plus simple pour Emily ou Elizabeth, » ajouta Kane, faisant allusion aux deux autres épouses du ranch.

Parker s'avança et me donna une tape sur l'épaule. « Nous avons tous choisi des... femmes de caractère. »

Les hommes approuvèrent avant de partager un regard complice. Bien que les hommes de Bridgewater chérissent leurs épouses, nous n'en étions pas moins des hommes dominants qui savions donner à leurs femmes ce dont elles avaient besoin. Comme ce gode anal que nous lui avions mis ce matin. Mary avait d'abord résisté avant de jouir quand je le lui avais introduit avec délicatesse, pour entraîner son petit anneau à se détendre et à s'ouvrir.

Cela n'a rien à voir avec toi, souviens-toi, ajouta Kane. Benson va tester. Comme tu l'as dit, il n'a aucune idée que tu es Shooter Sullivan, seulement l'homme qui lui a volé son épouse.

Les hommes passèrent trente-cinq minutes à explorer les possibilités et prendre une décision commune pour en finir avec Benson.

« C'est un bon plan, dit Andrew. Mais une question demeure, votre épouse comprendra-t-elle ? »

MARY

« Sully et Parker, dit Laurel, en me regardant avec un mélange d'effroi et d'admiration. Ils font un sacré duo. Et séduisants avec ça.

— Laurel, » avertit Mason.

A notre arrivée à Bridgewater, je ne savais pas à quoi m'attendre. Sully et Parker m'avaient expliqué en chemin que le ranch était géré comme une communauté—devenant progressivement une petite ville à part entière—où chacun contribuait à son développement. A mesure que de nouveaux amis les rejoignaient, de nouvelles terres étaient acquises, de nouvelles maisons bâties, de nouvelles familles fondées. La dernière en date était celle de Sully et Parker, vu qu'ils étaient revenus avec moi. S'ils continuaient à me baiser comme ils le faisaient, nous serions une vraie famille dans neuf mois environ.

Ils avaient été surpris de notre mariage, mais de ce qu'ils avaient expliqué, je n'étais pas la seule à avoir épousé deux hommes de Bridgewater. Emma avait été—aussi incroyable que cela puisse paraitre—achetée aux enchères par Ian et Kane et mariée dans la foulée. Elizabeth, vouée à épouser un homme qu'elle n'avait jamais rencontré, avait finalement trouvé Ford et Logan à la place. Ann avait jeté son dévolu sur Robert et Andrew à bord d'un bateau. Tous ces mariages, m'avaient-ils dit, s'étaient déroulés à la hâte et n'allaient pas sans une histoire à raconter.

Quant à moi, je me remettais à peine de la surprise de m'être mariée. Sous l'attention constante de deux hommes. J'étais surprise qu'ils m'aient seulement laissé me faire entraîner dans la cuisine où l'on préparait le déjeuner.

On m'avait dit que les repas étaient tous préparés et pris en commun dans la maison d'Emma. A notre arrivée, les présentations avaient été faites, mais je craignais de ne pas me rappeler les prénoms de chacun des membres d'un aussi grand groupe. J'étais la nouvelle et ils me questionnaient sans relâche sur moi et mes hommes. *Mes hommes.*

« Tu t'intéresses au regard des autres hommes maintenant ? demanda Mason à Laurel. Tu parles des hommes qui ont conquis Mary ? » Tout en regardant sa femme, il découpait un poulet sur un grand plat. Il y en avait deux autres à préparer et il faisait au plus vite.

Laurel lui sourit gentiment. Il rit avec son couteau dans la main. « Ce regard peut te faire fesser, mon amour. »

Fessée ? Laurel aussi se faisait fesser ?

Elle papillonna des paupières en le regardant. « Je sais. »

Et à en juger par sa réponse, ce n'était pas pour lui déplaire. Tout comme moi. J'avais d'abord été surprise quand Parker m'avait fessée pour la première fois, mais j'avais appréciée. Non, j'avais adoré sentir sa main sur moi. Adoré l'attention qui m'était témoignée. Adoré que mon esprit abandonne toute autre pensée que Parker et ses gestes. Focalisée sur Sully et ses mots charnels.

Un bébé s'agita dans un berceau contre une fenêtre ouverte. Cela attira l'attention de Laurel qui se leva pour prendre son enfant.

« Parle-nous un peu de toi, Mary. Pas de tes hommes, » ajouta Emma. Elle était à table, un bébé dans sa chaise haute frappait de la paume de sa main sur la table et regardait tomber un morceau de haricot vert. Un chien, justement placé en dessous le goba en un clin d'œil, provoquant le rire du bambin.

« Si vous ne le savez pas encore, je suis une Millard. »

Tous les adultes présents dans la pièce—Emma, Mason, Laurel, Ann, et Rachel, ou Rebecca ?—hochèrent la tête.

« C'est une petite ville, les nouvelles vont vite.

— Il n'y a pas de secrets ici, » dit Ann. Elle aidait son fils à s'essuyer les mains. Apparemment les enfants mangeaient avant les adultes ici, ou du moins aujourd'hui. C'était dur de résister à la tentation d'attraper une cuisse de poulet tant la viande sentait bon, sans compter que j'étais affamée.

Laurel rit. « Humm, comment pourrait-il y avoir de secrets, Mason, depuis que toi et Brody m'avez baisée sous le porche. »

Mason leva la tête en souriant. « Tu étais une petite râleuse et tu en avais besoin. Si tu continues sur ce ton, tu seras fessée juste là—» il désigna le porche— « pendant que tout le monde déjeune. »

Son sourire disparut et Laurel prit un air contrit. Mason lui fit un clin d'œil en retournant à ses poulets.

Impossible de déterminer s'ils plaisantaient ou pas.

Mason la fesserait-il vraiment sous le porche aux yeux—et aux oreilles—de tout le monde ?

« Oui, je me rends compte que chacun sait tout, » commentai-je en réfléchissant qu'il me faudrait demander à mes hommes où ils me fesseraient s'ils en ressentaient le besoin. « Mon père possède une des mines de cuivre de Butte. Ma mère est morte quand j'étais enfant et il n'est pas le plus... aimant des pères. J'ai été élevée comme une petite fille de la bonne société et destinée à un mariage arrangé. »

On me tendit une louche et un bol en me désignant le fourneau. « Merci—

— Rebecca, termina l'intéressée.

— Oui, Rebecca. » Je me dirigeai vers le fourneau et commençai à me servir quelques pommes de terre dans la casserole fumante. « Ce n'est pas comme à Boston ou à New York, mais à Butte, la haute société est tout aussi importante. Tout comme les affaires. Mon père avait conclu un arrangement commercial avec Mr Benson et j'en étais le gage.

— Je connais Benson. Ce n'est pas... un homme bien, » dit Mason, en marquant une pause dans sa découpe du poulet.

Je ne pouvais qu'imaginer ce qu'il aurait dit s'il n'avait pas tempéré ses paroles.

« Peu importe désormais, parce que je suis mariée à Sully... et à Parker. » Je gardais pour moi les détails de l'histoire dans la maison close, comment leur faire comprendre sans passer pour une putain ou une fille aux mœurs étranges ? Bien que tout le monde me paraisse particulièrement ouvert d'esprit, je n'étais pas prête à dévoiler tous mes secrets.

« Sully et Parker font un sacré duo, » répéta Laurel, en reprenant le début de la conversation.

Parker et Sully me revinrent à l'esprit alors que je remettais des pommes de terre dans le bol. Impossible de savoir si c'était la vapeur ou le souvenir de ce qu'ils m'avaient fait ce matin qui me donnait soudain très chaud. Frottant mes jambes l'une contre l'autre, je sentis ma chatte nue et douce. Mon excitation et leur semence se mêlaient sur mes lèvres et je ne le sentais que maintenant. Tout comme mon cul. Oh mon dieu. Sully avait enduit de lubrifiant le gode confisqué à Chloé et me l'avait délicatement inséré entre les fesses.

On m'avait mise à quatre pattes, les joues pressées contre le matelas pendant qu'il avait pris son temps. Respirant difficilement, j'avais haleté et lutté pendant qu'il me complimentait.

Quelle bonne fille tu es. Respire. Oui, recule. Ah, tu es si belle quand tu t'ouvres pour nous. Regarde comment tu t'écartes bien, pense à ce que tu vas ressentir quand nous te prendrons par là.

Quand le gode fut enfin en place en moi, je m'étais effondrée sur le lit, m'ajustant à cet étrange objet. Je me sentais ouverte et remplie. De plus, je me sentais... contrôlée. Mon corps tout entier leur appartenait. J'aurais dû détester cette sensation, Benson aussi m'aurait contrôlée si nous avions été mariés. Mais là c'était différent. Tellement différent que les attentions de Sully m'avaient fait jouir. Les hommes avaient été surpris, et plutôt que de me punir pour ça, ils m'avaient félicitée.

Mais ce n'était pas tout. Le gode était en place, mais Sully avait ajouté. « Nous n'en avons pas fini ma chérie. Cet entraînement n'est que le commencement. »

Le bruit d'une cuiller me tira de ma rêverie. Je ressentais soudainement tout, jusqu'à mon cul meurtri. Parker en avait retiré l'objet avant notre départ du Briar Rose, mais je ressentais toujours les effets de leurs efforts. C'était d'autant plus sensible que je ne portais ni chemisette ni caleçon. J'étais nue pour eux là en bas. Complètement nue. Ils n'avaient qu'à soulever ma jupe pour... je rougis à ce moment-là, et clairement pas à cause de la chaleur.

Je me demandais ce qu'ils me réservaient pour la suite. Bien que Mason ait dit que Brody avait baisé Laurel sur le porche—à la vue de tous—j'espérais que mes époux ne feraient pas de même. Mais en me dirigeant vers leur maison—notre maison—je savais déjà que je n'aurais aucun répit.

10

 ARKER

Pendant une semaine, nous avions gardé Mary à la maison. Nue. Sa seule tenue autorisée étant un gode anal dans le cul et notre semence entre les cuisses. Une semaine passée à l'occuper dans l'attente d'éléments qui indiqueraient que nous pourrions mettre à exécution notre plan pour neutraliser Benson une fois pour toutes.

Quinn et Porter s'étaient rendus à Butte avec leur femme Allison. En ville, ils avaient pu profiter du théâtre et des autres loisirs qu'offrait la petite ville, tout en gardant un œil sur Benson. Aucun d'eux ne s'y était jamais rendu et Benson ne les considérerait ainsi par comme une menace. Il ne ferait pas plus le lien avec Sully. Après six jours, ils finirent par nous indiquer que Benson en avait après Sully. Nous avions raison, il avait engagé des mercenaires pour cette tâche ingrate et ces derniers étaient en route pour Bridgewater.

On frappa à la porte pendant que nous étions au lit avec Mary. Elle chevauchait Sully, ses mains agrippant les lattes de la tête de lit, son cul écarté par un nouveau gode bien plus large que celui donné par Chloé. Avec douceur, nous avions réussi à lui faire gagner deux tailles en quelques jours et elle serait bientôt prête pour y accueillir nos queues. Bien que Sully et moi avions hâte de la prendre tous les deux, rien ne pressait. J'adorais voir l'expression de son visage quand nous lui apprenions de nouvelles choses. Elle était insatiable autant que nous, pas inhibée le moins du monde, et *très* sensible, facile à exciter et à faire jouir.

J'enfilai un pantalon et me dirigeai vers la porte d'entrée, les petits halètements et gémissements de Mary résonnaient derrière moi pendant que Sully lui susurrait des mots coquins.

Kane ôta son chapeau et entra. Le bruit d'une paume s'abattant sur de la chair tendre parvint jusqu'à nous. Kane arqua un sourcil, mais il sourit quand il entendit Mary cria de plaisir.

« J'interromps quelque chose ?

— Sully peut s'occuper d'elle tout seul un moment.

— Oui ! » cria Mary d'une voix désespérée.

J'ajustai ma queue dans mon pantalon et souris sans la moindre honte.

« Je vais vous la faire courte alors. Porter nous a contactés. Les hommes de Benson sont en chemin. J'ai prévenu les autres. Nous partons dans deux heures. »

J'acquiesçai, content que l'heure soit enfin venue de s'occuper de Benson, bien que l'idée de quitter Mary ne me plaise pas particulièrement en cet instant. Cela dit, vu comme nous étions excités et impatients, il n'y aurait jamais de bon moment pour la laisser. Sully voulait une vie simple, et avec un peu de chance, une fois le problème Benson résolu, nous pourrions retourner au ranch et vivre paisiblement le restant de nos jours. Il fallait en finir.

« Qui reste là ? » demandai-je. Les femmes avaient besoin de protection.

« Dash et Connor, sans compter Mason. Quinn et Porter reviennent avec Allison cet après-midi.

— Bien. »

Mary cria de plus belle, et pas de douleur.

« Deux heures ? demandai-je, pressé de fermer la porte au visage de Kane et de retourner vers mon épouse.

— Disons trois. » Kane me donna une tape dans le dos et sortit de lui-même.

Retournant vers la chambre, je trouvai Mary les yeux clos, la peau trempée d'un voile de sueur. Ses cheveux clairs étaient une masse emmêlée et elle essayait de reprendre son souffle. Sully était assis sur le bord du lit et remontai son pantalon. Il arqua un sourcil en guise de question tacite et je répondis d'un hochement de tête.

Il se leva et referma les boutons. Bien qu'il ait l'air d'un homme satisfait, son esprit venait de se focaliser sur Benson.

« Mary, » dis-je d'une voix douce.

Elle avait l'air tellement satisfaite, si repue que je savais déjà que mes mots allaient tout gâcher pour elle. Merde. Elle glissa sa jambe par-dessus les draps. Savait-elle qu'elle offrait sa chatte nue à notre regard ? Savait-elle également qu'elle était toute rose et toute gonflée, couverte de la semence de Sully ? Savait-elle que la poignée du gode anal lui écartait les fesses comme une délicieuse invitation ?

Si elle savait tout ça, alors c'était une petite catin, et elle serait fessée.

« Hum ? répondit-elle.

— Nous avons quelque chose à te dire. » La voix de Sully

n'était pas aussi gentille que la mienne—ce n'était jamais le cas—et elle ouvrit les yeux.

« Benson envoie des hommes à lui ici-même, pour s'en prendre à Sully, » dis-je. Impossible d'édulcorer cette triste réalité.

« Quoi ? Maintenant ? »

Elle se redressa à quatre pattes, les yeux pleins d'effroi. Elle remua un peu pour ajuster la position du gode qui devait être inconfortable. Ses seins se balançaient sous elle et je me retins de les prendre dans ma main.

« Ici, ma chérie. Sur mes genoux pour que je te retire ce gode. »

J'avançai pour m'asseoir et elle leva une main pour m'interrompre.

« Un gode dans mon cul n'est pas ma première préoccupation. Tu as dit que Benson venait s'en prendre à Sully, et alors, que va-t-il faire de moi ? M'enlever ? »

Je secouai la tête, imité par Sully.

« Non. » Sully mit les mains sur ses hanches et baissa la tête. « Tu ne lui es d'aucune valeur tant que tu es mariée avec moi. »

Mary me regarda longuement en se mordant la lèvre. « Il vient s'en prendre à toi. »

Sully hocha une fois la tête.

« Tu vas rester ici avec les femmes du ranch. Mason et quelques autres hommes seront là pour vous protéger. »

Elle plissa les yeux. « Vous allez me laisser ici toute seule ? »

Elle était désormais très à l'aise dans le plus simple appareil, mais je doutais que sa nudité lui importe peu en ce moment, exposant sa chatte et ses seins, assise sur notre lit. Ma réponse n'en sortit que plus facilement.

« Oh que oui.

— Mais—»

Sully croisa les bras. « Nous protégeons ce qui nous appartient. C'est à dire toi. Tu resteras ici, là où nous n'aurons pas à nous faire de souci pour toi, de sorte que nous puissions nous occuper de Benson avant de revenir vers toi.

— Oui, mais—

— Tu préfères passer le temps qui nous reste à te faire baiser ou à te faire punir ? » demanda Sully du ton qu'il prenait habituellement avant de prendre Mary sur ses genoux.

« Parce que j'ai le choix ?

— Pour ça ? » demandai-je. Aucune chance. « Non, c'est notre rôle, notre privilège de prendre soin de toi et de nous occuper de Benson. Une fois pour toute.

— Vous serez partis combien de temps ? »

J'avançai pour m'asseoir à côté d'elle et la pris pour qu'elle s'asseye sur mes genoux, avec précaution en égard au gode rivé dans son cul. Calant sa tête sous la mienne, je me délectai de la douce sensation qu'elle provoquait. Je voulais tout cela, je la voulais elle, sans complications, sans une ombre menaçante.

La tenir comme je le faisais apportait la paix. Le silence. Elle était parfaite.

« Nous allons les attirer hors de Bridgewater donc la confrontation ne sera pas pour tout de suite. Je dirais dans trois ou quatre jours. »

Sa main caressait mon ventre d'un air absent. Elle m'avait déjà excité auparavant et ce geste n'avait rien à voir. Elle était une petit catin parfois, mais pas maintenant. Pour autant, ses caresses me donnaient la trique. Tout en elle me faisait bander.

« Tu vas rester là avec Laurel et Mason. »

Je caressai toute la longueur de ses cheveux aussi soyeux qu'emmêlés.

« Très bien, » répondit-elle.

Soulagé, je l'embrassai sur le dessus de la tête.

« Nous avons quelques heures. Kane a été impressionné par la force avec laquelle tu jouis. Tu penses pouvoir crier comme ça pour moi ? »

Elle se raidit dans mes bras. « Il a entendu ? demanda-t-elle, inquiète.

— Hum... »

Avec deux doigts, je relevai son menton pour que ses yeux plongent dans les miens. « Rien que pour toi, demanda-t-elle.

— Pour moi et pour Sully. Pendant que nous serons partis, tu devras continuer à utiliser les godes toute seule. »

Elle fronça les sourcils.

« A notre retour, nous allons te conquérir.

— Ensemble, ajouta Sully.

— C'est exact. Sur le dos, les jambes écartées. » Je l'aidai à se mettre en position et Dieu seul savait à quel point j'avais envie de me placer entre ses jambes et de la baiser. Mais cela attendrait.

« Retire ce gode que nous te mettions la taille au-dessus. Tu vas le rendre bien glissant et le mettre toi-même. Tu le porteras jusqu'à l'heure du déjeuner, et encore quand tu iras au lit. »

Sully avait dû voir une étincelle dans ses yeux, car il ajouta, « Nous le saurons, ma chérie. Quand nous serons de retour, nous pourrons facilement glisser un doigt en toi pour vérifier, ensuite, ce sera nos queues. »

Sully lui tendit le nouveau gode, plus long et plus gros que le précédent ainsi que la fiole de lubrifiant. « Plus vite tu enfileras ce nouveau jouet, plus vite nous pourrons te baiser.

— Vous... vous voulez que je l'enfile moi-même ?

— Oui, nous devons être sûrs que tu sauras le faire en notre absence, répondit Sully. Ensuite, nous te baiserons. Ce sera bien serré.

— Et je veux t'entendre crier au moins deux fois pour que je puisse y repenser quand je serai parti, » ajoutai-je, sachant que les nuits sur la route allaient être longues. Penser à elle aiderait à passer le temps.

Je m'assis d'un côté de Mary, Sully de l'autre, et il m'aida à lui écarter les genoux, tout en l'observant s'impliquer dans son entraînement. Quand ses tétons pointèrent et que sa peau s'illumina, je sus que cela n'avait rien d'une corvée.

11

Mary

Je m'allongeai, éveillée et pensant à mes hommes. D'une manière ou d'une autre, ils allaient tomber sur les hommes de main de Benson, les attirer hors de Bridgewater et leur tendre une embuscade. Je ne comprenais pas comment cela allait faire changer d'avis Benson sur le fait que je devienne sa femme. L'homme ne renoncerait pas avant que Sully soit mort et que je sois veuve. Si Sully et les autres hommes de Bridgewater parvenaient à éliminer ceux que Benson avait envoyé, il recommencerait, sans cesse.

Il n'y aurait pas d'issue. Loin de la paix et de la quiétude que recherchait Sully. Je voulais que Sully et Parker obtiennent ce qu'ils voulaient. Contrairement aux désirs de Benson, ce n'était pas quelque chose de palpable, je n'étais pas une marchandise à vendre. Je rêvais d'une autre vie. Je n'avais pas besoin d'argent, je ne voulais que mes hommes.

Il n'y avait qu'un moyen de stopper Benson. L'idée me

vint en regardant les ombres danser contre le mur de la chambre d'amis de Laurel. Les rideaux légers de la fenêtre remuaient sous la brise d'été et arrêtaient la lueur de la lune. J'étais seule dans le lit étrange d'une étrange maison. J'étais habituée à partager mon lit avec deux hommes, à ce qu'on me tienne toute la nuit, pressée contre deux corps chauds. Maintenant je me sentais seule. Bien que la nuit soit chaude, j'avais froid. Mes hommes me manquaient.

Je n'avais pas pensé à ce que Chloé avait dit à propos de la mine de Mr Benson ce matin-là dans la salle de bain. Sully était venu nous interrompre avant de me faire découvrir un rasoir et un gode anal. Dire que mes pensées avaient été très occupées par ces deux-là était un euphémisme ! Mais avec mes hommes partis depuis le matin, j'avais eu le temps de réfléchir.

La mine de Mr Benson était épuisée. Plus de cuivre. Et donc plus d'argent, plus de train de vie extravagant. Pas étonnant qu'il veuille me récupérer. Il voulait de l'argent et au bout du compte, la mine de mon père. C'était une bonne veine, profonde.

Être mariée à Sully mettait la mine de mon père hors de portée de Mr Benson. Il était aux abois. Cela signifiait qu'il ne reculerait devant rien pour me récupérer. Il ne laisserait pas Sully en vie. Et plus le temps passerait, plus désespéré il deviendrait. Il pourrait certes se dégoter une autre héritière, mais j'étais la seule à Butte encore célibataire et en âge de me marier.

Lillian Seymour avait quarante-six ans et sept enfants. Si son mari venait à mourir, Mr Benson pourrait l'épouser, mais ses intentions seraient évidentes. Elle était édentée, et avec sept enfants.

Il y avait Olive Morris, mais elle avait douze ans. Je

doutais que Mr Benson puisse attendre six ans, voire six mois.

J'étais son seul espoir.

Je savais comment mettre fin à tout ça une fois pour toutes. Cela n'impliquerait pas Sully, pas plus que des mercenaires. Il n'y avait qu'une seule personne qui devait entendre la vérité pour mettre fin à cet arrangement douteux. Mon père.

Je devais retourner à Butte. Je devais voir mon père, lui parler de la mine de Mr Benson. Alors je pourrais vivre ma vie avec mes hommes sans sentir la menace planer au-dessus de nos têtes. Et un de mes hommes était en danger. Bien qu'ils aient dit que c'était à eux de me protéger, c'était à moi de les sauver. Je savais comment sauver Sully et je ne pouvais rester en possession de cette information avec les autres femmes sans rien faire.

Butte n'était qu'à quelques heures de route. Facile pour un cavalier. Personne ne me poursuivrait. *Je* n'étais pas en danger. Je devais juste trouver un moyen de m'enfuir. Mason, Quinn, Porter et les autres hommes se montraient très protecteurs. *Excessivement* protecteurs. Je roulai sur le côté, tirant la couverture sur moi. Quand le soleil commença à se lever, le ciel gris se colorant d'un rose parfait, j'avais mon plan.

SULLY

« Comment ça elle est partie ? »

J'étais en nage et sale et je n'aspirai qu'à retrouver ma

femme et me fondre en elle. Mais non. Non, ma femme avait laissé un mot annonçant qu'elle se rendait à Butte.

Butte !

J'avais laissé Parker dans l'étable avec les chevaux avant de me rendre chez Mason pour retrouver Mary. Nous étions sous son porche d'entrée et je regardai vers le sud comme si je pouvais l'apercevoir ainsi que cette ville perdue. Une fois qu'elle reviendrait, plus jamais nous n'y mettrions les pieds.

Mason se gratta la tête, il arborait un mélange de rage et d'incompréhension. « Elle est venue déjeuner avec nous et tout allait bien. Elle a dit que vous lui aviez demandé de poursuivre son entraînement et qu'elle avait besoin d'intimité. »

Cela ne me choquait pas que Mason ait connaissance de la mission que nous avions confiée à Mary. Cela me choquait qu'elle lui en ait parlé. Bien qu'elle se montra désinhibée avec Parker et moi, elle devenait très timide quand il s'agissait d'en parler à d'autres personnes. Le seul fait de savoir que Kane l'avait entendue jouir quand il était passé l'autre jour l'avait mortifiée.

Tout le monde au ranch savait ce que nous faisions. Tout le monde était sur la même longueur d'ondes. Nous fessions, sucions, léchions et baisions nos femmes. Nous donnions à leur cul de l'entraînement parce que si nous aimions une bonne baise anale, nos femmes aussi. Et nous adorions tous les baiser en même temps.

C'était une chose qu'il nous restait à faire avec Mary, c'était une tâche que j'espérais accomplir aujourd'hui. Mais pas maintenant.

Maintenant, il fallait que j'aille à Butte chercher ma femme.

« Nous nous sommes occupés des hommes de Benson.

Nous en avons gardé un en vie pour qu'il délivre un message à son commanditaire. »

Le bruit sourd d'un cheval au galop se rapprocha.

Parker sauta de son cheval avant même qu'il ne soit à l'arrêt. « Mary est à Butte ?

— Putain, oui, » murmurai-je. Tous les autres hommes savaient qu'elle était partie et l'un d'eux avait dû en informer Parker.

« Merde, Butte ? cria Parker.

— Mason nous disait qu'elle a prétendu s'entraîner et avoir besoin d'intimité. Et peu après, il a constaté qu'elle était partie. »

Parker se figea, les yeux écarquillés. « Cette femme, une fois que nous l'aurons retrouvée, va découvrir toutes les manières possible d'étirer son cul. »

Il remit son chapeau et se dirigea vers son cheval dont il saisit les rênes.

« Quinn s'est lancé à sa recherche. Une fois que nous avons découvert qu'elle était partie, il a suivi. Mais c'est une grande ville et je ne suis pas sûr qu'il la retrouve facilement.

— Oh, nous savons où la trouver, » marmonnai-je. Je courus quasiment en me dirigeant vers l'étable.

12

Mary

« Tu es sûre de vouloir faire ça ? » demanda Miss Rose.

J'étais une fois encore à la table de la cuisine du Briar Rose en face d'une femme qui tenait plus de la mère que de la matrone. Cette fois-ci, je n'étais plus une vierge innocente en quête de sensations. Une semaine avec Sully et Parker m'avait ôtée toute innocence et j'en étais ravie. J'adorais tout ce que je faisais avec eux, ce qu'ils me faisaient, ce qu'ils m'ordonnaient de me faire. J'appréciais même ces satanés godes dans le cul.

« C'est ma faute si Sully est en danger. Il ne veut pas attirer l'attention, que ce soit à cause de ragots ou de rumeurs. Tout ce qu'il veut, c'est être tranquille.

— Ce n'est pas ta faute, » répliqua-t-elle en se levant pour remplir sa tasse de café depuis le pot fumant posé sur l'arrière du fourneau. Quand elle approcha le broc vers moi, je secouai la tête. Des voix résonnaient depuis le premier étage. C'était le début de l'après-midi, et bien que tout le monde soit réveillé, personne ne faisait trop de bruit. Nora était passée prendre une tasse de café. Elle avait dit bonjour avant de repartir. Le boucher avait livré des steaks pour le dîner, mais sinon, nous avions la cuisine pour nous seules.

« Benson s'en serait pris à quiconque t'aurait épousée. »

Je fronçai les sourcils. « Ça ne résout rien. Benson aurait fait de son ennemi n'importe lequel de mes prétendants.

— Tu ne crois pas Sully capable de se défendre ?

— Si. » Mes deux hommes pouvaient se défendre eux-mêmes, ainsi que moi. « Mais bien qu'ils soient partis s'occuper des sbires de Mr Benson, cela ne règle pas le problème. Il continuera d'en envoyer d'autres jusqu'à ce que l'un d'entre eux parvienne à tuer Sully. »

Le seul fait de dire ces mots me donnait la nausée.

Miss Rose me prit la main sous la table. « Tu les aimes vraiment, n'est-ce-pas ? »

Je ris tristement. « Je ne les connais que depuis une semaine. Ils m'ont gardée nue presque tout ce temps ! »

Miss Rose ne semblait pas horrifiée, amusée plutôt. « Quel mal à ça ? Cela me paraît très romantique. »

« Romantique ? As-tu seulement idée de ce qu'ils m'ont fait ? »

Elle sourit en secouant la tête. « Oh, oui, j'ai bien quelques idées. Je suis sûre que tu pourrais même donner des conseils à Chloé. »

Je retirai ma main que je croisai sur mes genoux. « Oui, je pense aussi. Mais de l'amour ? Je ne suis pas sûre. Je ne veux qu'aucune autre femme ne les touche. J'ai envie de leur faire... du bien. »

Miss Rose rit et leva sa tasse comme si elle trinquait à cette idée. « Mary Sullivan. J'appelle ça de l'amour. »

Je la regardai pleine d'espoir. Alors c'était de l'amour ?

Ce besoin de prendre soin d'eux, de leur donner ce qu'ils attendaient ? Ils avaient dit que c'était leur privilège de me protéger et je le comprenais désormais. C'était mon rôle en tant que femme de les protéger si j'en avais l'occasion. Ce que je savais sur Mr Benson pouvait protéger Sully. Je le désirais. J'avais besoin de lui. De tous les deux. Mais de l'amour ? Vraiment ?

« Ta mère, paix à son âme, t'aurait dit la même chose. Ton père, eh bien c'est un homme et un abruti. »

Des mots empreints de sagesse.

« Et je dois l'affronter. Quelle heure est-il ?

— Deux heures et demie. »

Je me levai et portai ma tasse vers l'évier. « Il rentrera vers quatre heures, comme d'habitude, j'en suis sûre. Pour une fois, je suis content qu'il soit aussi routinier. »

« En attendant, assieds-toi et parle-moi de tes hommes. Je veux connaître tous les détails les plus croustillants. »

PARKER

« Oh, vous devez être très occupés avec votre épouse tous les deux. »

Miss Rose se tenait devant la porte arrière de maison close, sans nous laisser entrer.

« Laissez-nous entrer. C'est de nous qu'elle doit s'occuper, » lui dis-je.

Nous avions chevauché grand train depuis Bridgewater et avions filé vers la maison close. Étrangement, c'était son seul refuge dans cette ville insensée mais je savais qu'elle y serait en sécurité. Je doutais que ce soit le cas ailleurs,

Benson ne la laisserait pas. Il ne voudrait d'elle que s'il pouvait l'épouser. Et cela n'était pas près d'arriver.

« Elle n'est pas là. C'est pour ça que je ne vous laisserai pas entrer. Je vous fais gagner du temps.

— Merde, jura Sully, qui tournait en rond. Elle allée voir Benson. »

J'étais prêt à débarquer chez lui, ou dans sa mine ou peu importe où il se trouverait pour lui arracher la tête à mains nues. S'il touchait à un seul cheveu de Mary...

« Benson ? Mais non. »

Je fronçai les sourcils, confus. « Mais alors, où est-elle ? »

Miss Rose arqua un de ses délicats sourcils.

« Pardonnez mon langage mais nous devons la trouver pour la fesser comme il se doit. »

Elle sourit en nous regardant tour à tour.

« Nous la mettrons en sécurité, et ensuite nous la fesserons, précisa Sully.

— Elle est allée voir son père, dit Miss Rose. Elle sait quelque chose Messieurs. Elle a refusé de me dire de quoi il s'agit, mais c'est de nature à faire en sorte que Benson la laisse tranquille. »

J'étais tellement frustré que je voulais lui arracher l'information, mais en regardant cette femme, c'est Mary que je voyais, ou l'inverse. Une forte tête, butée, maline. Mais tellement logique.

« Pourquoi aller voir son père dans ce cas ? L'homme n'a que faire d'elle. »

Elle posa une main sur sa poitrine. Les couches de dentelle rutilante étaient presque aveuglantes dans la lumière du soleil.

« Elle ne l'a pas dit. Mais La maison de Millard est facile à trouver. Trouvez la rue du Granite. Sa maison est la plus grande. »

MARY

« Bonjour père. »

Mon père leva les yeux de son journal et les écarquilla de surprise. Il portait toujours un costume noir à toute heure du jour. Ses cheveux étaient impeccablement peignés et ses bajoues pendaient sur le col de sa chemise. Assis comme ça dans son fauteuil à haut dossier, son physique rondelet était encore plus frappant. Ou peut-être que c'était ma vision de lui qui avait changé, fruit du temps passé avec deux géants musclés comme Sully et Parker. « Mary ? »

Son ton n'était ni chaleureux ni agressif. Il était neutre, comme toujours. Je n'inspirais aucun sentiment particulier à cet homme, aucune joie. En fait, la seule fois où je l'avais vu manifester une émotion à mon égard était la colère qu'il avait exprimée en découvrant que je m'étais mariée sans son consentement.

« Où est ton mari ? Ne me dis pas qu'il t'a abandonnée ? »

Oh. Voilà le Gregory Millard que je connaissais. Je me tenais devant lui comme je l'avais été durant toute ma vie. D'abord avec une nounou, je me tenais en chemise de nuit et en robe de chambre pour lui dire bonne nuit. Puis, plus grande, avec mon précepteur, à réciter ce que j'avais appris durant la journée. Je demeurais toujours ainsi, pieds joints, bien droite, la tête haute, les mains croisées devant moi.

Ce n'était pas confortable. C'était presque de la soumission, mais c'était familier. Si je devais l'affronter, je voulais être à l'aise, autant que possible. C'est pour ça que j'avais choisi ce moment de la journée. Il lisait toujours son journal dans la salle à manger avant que le dîner soit servi à cinq heures. Il n'avait pas de réunion, ou de divertisment. Rien, sauf aujourd'hui, où j'allais l'affronter pour la toute première fois.

« Tu ne pensais pas qu'il tiendrait plus d'une semaine, n'est-ce-pas ? Je suis une héritière du cuivre. Si je me souviens bien, tu m'as un jour dit que j'étais la femme la plus riche du territoire.

— Et tu le serais toujours, si je ne t'avais pas radiée de mon testament. »

Je n'aurais pas dû être surprise, mais ce fût tout de même le cas. Peut-être plus à cause de sa promptitude à me déshériter que sa nature impitoyable. J'avais toujours gardé l'espoir qu'il change, qu'il devienne un père attentionné et attentif. Aimant. Mais cela n'arriverait jamais et je devais m'y résoudre. J'avais Sully et Parker et cela me suffisait. Ils me donnaient tout ce dont j'avais besoin et tout l'or du monde n'aurait pu me l'apporter. C'était de l'amour.

« Alors c'est une très bonne chose que je ne sois pas venue pour l'argent. »

Il plia soigneusement son journal et le posa sur ses genoux. « Qu'est-ce-que tu fais là alors ? Tu as pris une décision ? »

Oui, oui. J'en avais pris une. Celle de demeurer à Bridgewater avec Sully et Parker, dormant nus à côté de moi, chacun une main posée sut moi, même pendant mon sommeil. Je m'y sentais protégée et chérie… et oui, aimée. Je ne savais juste pas ce que c'était avant que Miss Rose ne m'aide à le comprendre. Avec un père comme celui qui se tenait devant moi, je n'aurais jamais pu m'en rendre compte.

« Je suis venue vous parler de Mr Benson.
— Oh ?

— Avez-vous conscience des raisons pour lesquelles il veut m'épouser ?

— Bien sûr. soupira-t-il. Mary je dirige la plus grande mine de cuivre du monde. Tes suppositions supplantent peut-être ton intelligence, mais pas la mienne. »

Ses insultes n'étaient pas très subtiles, mais je poursuivis, c'était important pour moi. Pour Sully. Pour nous trois.

« Êtes-vous seulement au courant que sa mine de Beauty Belle est épuisée ? »

Il rit en secouant la tête, une manière de me sermonner et de me dévaloriser en même temps. « Épuisée ? Impossible. »

Je ne me laisserais pas intimider. « Alors pourquoi Mr Benson voudrait-il m'épouser ?

— Nous fusionnons les deux plus grandes entreprises minières pour réduire le nombre d'employés et accroitre leur rentabilité. Nous n'avons pas besoin de deux infirmeries ou de deux réserves de nourritures si nous ne sommes qu'une seule organisation. »

C'était une vision commerciale sensée et je ne trouvai rien à redire.

« Quelle infirmerie fermerait ?

— La sienne, elle est plus petite. »

J'acquiesçai et détendis mes mains. J'avais raison. Mon père était un homme intelligent mais Mr Benson était sournois. « Et quelle réserve de nourriture va fermer ?

— La sienne, elle est plus loin de la gare. Cela couterait moins cher d'acheminer les provisions vers la mienne.

— Et que gagnerait Mr Benson de cet accord ?

— A part toi ? » Il me regarda directement de ses yeux gris perçants.

« A part moi, que gagnerait Mr Benson de cet accord commercial ?

— Nous gagnerons chacun vingt pour cent des parts de l'autre. »

Je hochai la tête comme si je réfléchissais à ses mots. C'était clair comme de l'eau de roche, du moins pour moi. « Et à votre mort, qui héritera ?

— Si tu avais épousé Mr Benson, toi.

— Ce qui veut dire, que c'est lui qui aurait hérité de tout vu qu'une épouse ne peut avoir des biens propres. Tous les biens d'une femme appartiennent à son mari. Je dirais que cet accord est largement en faveur de Mr Benson.

— Explique tes insinuations encore une fois.

— Ce ne sont pas des insinuations, ce sont des faits. » Ce n'était que des ouï-dire, mais je n'allais pas le lui préciser.

« La mine de Beauty Belle est épuisée, cela signifie que vos vingt pour cent de ses parts ne valent rien. Quant à Mr Benson, il gagnera vingt pour cent de votre mine qui prolifère. Vous n'avez pas besoin des parts de sa société, parce que vous n'êtes pas en situation de banqueroute et que vous êtes solvable, mais dans cet accord, ce sont des intérêts dans votre *propre* société que vous perdrez.

— Comment peux-tu savoir ce genre de choses ? Qui t'a appris ça ? Tu ne peux pas connaitre des accords commerciaux comme ça ! »

Mon père jeta son journal sur le sol, poussa sur ses jambes et s'approcha. Sa démarche était lente tant il était énorme, sans compter sa goutte qui devait le ralentir.

« Vous oubliez père, que c'est vous qui avez fait en sorte que je sois si bien éduquée ? »

13

Mary

« Je ne crois pas un traitre mot de ce que tu dis. » Son visage se teinta de rouge vif et il s'essuya la bave aux lèvres d'un revers de la main.

« Vous devriez, » dit Mr Benson en entrant dans la pièce.

Je me retournai pour lui faire face, ma robe se balançant à mes chevilles.

« Benson ! Avez-vous entendu ces odieux mensonges ? » demanda mon père.

Mr Benson me dévisagea froidement. Sa colère sombre était toujours là, dans ses yeux, dans la tension de sa mâchoire, partout dans son corps. Je voyais aussi toute la sournoiserie qu'il avait dissimulée jusqu'alors. Tout artifice ou semblant d'intérêt, pour mon père ou pour moi-même, avait disparu.

Il ferma la porte derrière lui, et tourna le verrou dans un

bruit sourd. Je reculai d'un pas, sachant que l'homme étant fou et que j'étais réellement en danger. Mon père ne l'avait pas encore compris.

« En fait, Gregory, votre fille est très maline. La Beauty Belle est épuisée. J'en tire à peine chaque jour de quoi payer les factures. »

Les yeux de mon père s'ouvrirent comme des soucoupes et je m'inquiétai de sa santé. Je ne l'avais jamais vu autant en colère. « C'est insensé, vous rapportez un million par jour !

— Ca c'est ce que vous rapportez, répliqua Benson. Je rapporte autant qu'une putain à deux sous de Broad Street. Tout aurait fonctionné, mais c'était compter sans toi. »

Son attention dévia de son père vers moi. Sachant que leur accord était terminé, qu'il n'aurait pas une once de la mine Millard. Il venait crier vengeance.

Je reculai encore d'un pas, mettant les mains devant moi. « Vous ne vous étiez pas déclaré, et j'ai rencontré Mr Sullivan à Billings. C'était très romantique.

— Romantique ? Tu as parlé de baiser sur le quai. »

Mon père recula, s'effondra sur un canapé. Une lampe bascula, une pendule trembla avant de tomber au sol.

« C'est mon mari, Mr Benson. J'ai le droit de m'adonner à toute activité sexuelle avec lui.

— Mais bien sûr. Mais il n'est pas là ? Mais, oh mon dieu, où est Shooter Sullivan ? »

Il savait où se trouvait Sully, savait que ses hommes de main ne renonceraient pas avant de l'avoir tué. Je devais seulement avoir confiance en Sully, en Parker, ainsi que tous les autres hommes de Bridgewater. Ils étaient expérimentés, ils avaient eu le dessus. J'espérais qu'ils étaient tous sains et saufs.

Sauf que...

« Tu as épousé Shooter Sullivan ? demanda mon père, clairement stupéfait.

— Oui.

— Elle a épousé un homme de Bridgewater, dit Benson à mon père. Vous savez ce que cela signifie ? »

Je jetai un œil à mon père. Je préférais qu'il entende la vérité de ma bouche plutôt que celle de Mr Benson. J'étais fière d'être mariée à deux hommes. Et je ne le laisserais pas me l'enlever en prétendant que c'était dégradant. « Cela veut dire que j'ai épousé Shooter Sullivan et Parker Corbin. Deux hommes. Je les ai épousés tous les deux. »

Mon père se figea, le visage livide. « Tu... je veux dire... je ne comprends pas. »

Non, il ne comprendrait pas.

« Cela veut dire que Mr Benson souhaite la mort de Sully. Si cela arrive, je serai veuve. Et il pourra m'épouser. Il n'aurait plus besoin de votre accord commercial pour mettre la main sur la fortune des Millard. J'ai été la clé pendant tout ce temps.

— Oui, petite salope et tu as tout gâché ! » Mr Benson plissa les yeux. De la sueur coulait sur son front et il commença à arpenter la pièce.

Mon père trouva refuge derrière son bureau.

« Tout gâché ? Je n'ai rien fait. J'ai mené ma vie comme je l'entendais. Pour une fois, je n'ai pas fait ce que me dictait mon père, ce qu'il attendait de moi. Je me suis mariée par amour, non pas à un mais à deux hommes. Ils m'aiment et me chérissent, et oui, ils me baisent. Mais je vais vous dire ce que ce mariage n'est pas, ce n'est pas un *petit arrangement*. »

Mon cœur martelait ma poitrine et je me mis à trembler.

« J'avais envie de cet accord commercial, oui, avoua mon père. Mais je pensais que Mr Benson était un bon parti pour toi. J'avais clairement tort. »

Mr Benson sourit, ses dents aussi brillantes que le blanc de ses yeux.

« Mr Sullivan est mort. » Ses yeux étaient noirs de véhémence. Il était si sûr de lui que ma foi en Sully commença à vaciller. Et si... « Je me suis chargé de lui. »

Non. Il ne pouvait pas. Sully était trop doué à être... lui-même. Et il avait Parker avec lui. Et les autres hommes de Bridgewater. Je secouai doucement la tête. « Non, vous vous trompez. Vous êtes sous surveillance. Nous savions que vos sbires arrivaient.

— Quels sbires ? demanda mon père en se tassant sur sa chaise.

— Des hommes engagés pour tuer ton mari, grogna Benson.

— Avec le reste de votre fortune ? demandai-je. Quel gâchis, Sully n'est pas mort.

— Tu es naïve. Aucun homme, pas même Shooter Sullivan, ne peut tenir tête à la famille O'Malley. »

Je n'avais jamais entendu parler d'eux, mais cela ne voulait rien dire. Je n'avais pas non plus eu vent de la réputation de Sully et il était si gentil avec moi. Sauf quand il me jetait sur le lit et qu'il... oh. Non, je ne pouvais pas penser à cela maintenant.

« Tu vas venir avec moi jusqu'à ce que j'ai confirmation de sa mort. Ensuite, nous nous marierons. Pas de cérémonie à l'église, un juge de paix suffira.

— Je ne viendrai pas. » Je reculai contre une table basse, faisant tomber au passage une figurine en porcelaine qui se brisa contre le sol.

Sa colère irradiait de lui. « Ce bâtard de Sullivan t'a volée à moi ! Tu m'appartiens. L'argent est à moi. Ton père ne nous en empêchera pas. »

Un bruit terrible retentit et nous fit nous retourner vers

la porte. Elle était verrouillée mais elle avait rebondi contre le plâtre du mur dans un bruit sourd avant de basculer. Le linteau était en pièces.

Je sursautai et haletai. Même Mr Benson recula d'un pas.

Sully se tenait dans l'embrasure de la porte, grand et costaud. Sa tête touchait presque le dessus du cadre. Il fit un pas dans la pièce, arme à la main. « Son père ne l'empêchera peut-être pas, mais moi si. »

Mon dieu qu'il était beau. Je passai mon regard sur chaque partie de son corps. Il semblait indemne. Quel soulagement. Il n'était pas mort. La joie em'étourdit.

Parker le suivait de près, ainsi que Kane. Ils étaient si grands tous les trois, rendant la pièce étroite s'un seul coup. Mais Mr Benson était désespéré et rapide.

Il m'attrapa par le bras et m'attira contre lui. L'odeur de sa lotion pour les cheveux était écœurante. Une main enroulée autour de ma taille, il me saisit à la gorge et serra un peu trop. Je pouvais respirer, mais à peine. Mes yeux sortirent de leurs orbites et je serai sa poigne de mes petits doigts. La panique m'envahit. Sully et Parker avaient le regard acéré, mais ne bougeaient pas.

Pourquoi ne faisaient-ils rien ? Attrapez-le ! Faites quelque chose. Etouffant, je remuai pour échapper à Benson, ce qui le fit rire comme un dément.

« Oh, vraiment ? Une torsion et elle meurt. » Sa main serra un petit peu plus fort et je poussai un gémissement. Mes ongles s'enfoncèrent dans le dessus de sa main, mais il était trop fort pour moi.

Sully semblait enragé, mais je ne pouvais plus me concentrer sur lui ou sur quiconque. Plus maintenant. Seulement sur la poigne de Mr Benson qui se resserrait.

« Lâche-la, » dit Sully. Je ne l'avais jamais entendu aussi

furieux. « Tu veux ma mort pour pouvoir l'épouser. Elle ne t'est d'aucune valeur morte. De plus, tu ne peux pas me tuer si tu la tiens. »

Mr Benson desserra sa main. J'aspirai une grande goulée d'air et me détendit. C'était étrange de ne pas lutter, mais j'étais trop occupée à reprendre mon souffle.

« C'est un début, lui dit Sully.

— C'est toi qui tiens une arme, Shooter. Je ne suis pas assez stupide pour relâcher ta femme. Tu vas me descendre. »

Sully leva les mains et s'approcha d'une table basse sur laquelle il déposa son arme. « Voilà, maintenant, je ne te descendrai pas. »

Mr Benson se détendit un peu plus.

« Benson ! » cria mon père.

L'homme se retourna instinctivement vers mon père et fit un pas de côté.

Un bruit assourdissant me fit sursauter puis me couvrir les oreilles.

La voix de mon père était neutre. « Il ne te descendra pas, mais moi oui. »

L'arme de mon père était fumante et je mis du temps à comprendre qu'il venait de tirer sur Mr Benson. Le temps que cela s'éclaircisse dans mon esprit confus, l'homme était au sol, immobile, mort.

« Merde, » marmonna Parker.

Sully effaça la distance qui nous séparait encore et me prit dans ses bras. Je sentis les battements de son cœur contre ma poitrine, sentis sa chaleur. Je savais qu'il était vivant. Il embrassait le dessus de ma tête, me serrant si fort que je respirais à peine, mais sans m'en plaindre cette fois-ci.

Mes oreilles bourdonnaient de la déflagration, mais j'entendis la voix de Parker.

« Vous êtes fous ? Vous auriez pu la tuer !

— Je suis peut-être vieux, répondit mon père. Je suis peut-être même un salaud en ce qui concerne ma fille, mais je suis un excellent tireur. Cet homme menaçait Mary et il méritait de mourir. »

Je levai la tête et regardai mon père. Il ne m'avait jamais dit qu'il m'aimait. Il ne m'avait jamais pris dans ses bras, dit qu'il était fier de moi. Rien. Mais ce qu'il venait de faire prouvait que quelque part au fond de son cœur, il tenait à moi.

« Père... »

Il secoua la tête, posa l'arme son bureau. Kane vint discrètement derrière lui pour l'écarter. Je doutais que mon père ne réalise seulement qu'il venait de tuer un homme. Il était en état de choc tout comme moi, sinon plus. Non seulement il venait de découvrir que sa fille n'avait pas fui pour courir dans le lit d'un étranger, mais en plus, il avait découvert que son associé était véreux et prêt à tuer.

Il s'était trompé. On l'avait trompé. Je n'attendais pas un mot d'excuse ou quoi que ce soit de cet homme. Mais je pouvais lui donner quelque chose.

« Merci, père. Merci de m'avoir sauvée. »

Je regardai vers Sully. Ses yeux contenaient tant d'émotions. La colère, la fureur, la peur, l'envie et la détresse.

« Rentrons à la maison, » lui dis-je.

Il hocha la tête et nous emmena vers la porte. Je doutais qu'il me laisse quitter ses bras de sitôt. Et cela m'allait très bien.

« Mary, » appela mon père. Kane se tenait près de son bureau, certainement pour l'empêcher de faire quelque chose d'insensé. « Je suis désolé. »

Sully me tira hors de la pièce et à travers le couloir. Je me demandai si ce serait la dernière fois que je serais dans cette maison, si mon père s'était débarrassé de moi une bonne fois pour toutes, mais je ne m'inquiéterais plus désormais. Maintenant, je trouverais la paix et la quiétude avec Sully et Parker.

14

Sully

Cela avait pris trois heures pour faire venir le shérif, qu'il inspecte le corps de Benson et nous interroge sur l'incident. L'argent de Millard et sa condition sociale aidaient et personne ne fut mis en prison avant d'être entendu. Bien que son père soit un enfoiré, il avait fait en sorte que Mary n'ait pas à regarder le corps, et qu'elle soit la première à être interrogée. Parker, Kane et moi avions donné notre témoignage juste après et Millard avait insisté sur le fait que Mary en avait assez enduré et qu'elle risquait de succomber à une crise d'hystérie suite à cette épreuve. Bien que j'en doute, cela montrait qu'il restait à l'homme une dernière once de compassion.

Il avait fallu trois heures supplémentaires pour retourner à Bridgewater. Je l'avais gardée sur mes genoux tout le trajet, elle n'avait rien dit et s'était même endormie contre mon épaule. J'avais profité du voyage pour me calmer, me sentant plus à l'aise à mesure que la ville s'éloignait derrière nous et que je la serrais contre moi. Tout était calme au ranch et Mary était en sécurité. A moins qu'une nouvelle idée farfelue ne lui passe par la tête. En tout cas, avant la fin de la journée, Parker et moi allions nous assurer qu'elle ne recommence jamais.

Devant la porte d'entrée, je contemplai la vue apaisante — la prairie ondulant dans la brise à perte de vue, et que délimitaient des montagnes aux sommets enneigés.

Alors que Mary se dirigeait vers la maison main dans la main avec Parker, je savais que j'étais à ma place. J'étais avec ma famille. En épousant Mary, nous étions devenus tout ce que j'avais toujours souhaité. Bientôt, nous agrandirions encore cette famille. Je voulais voir le ventre de Mary s'arrondir. Un enfant. Le mien. Le nôtre.

En bon mâles très possessifs, notre épouse fut conduite dans la salle de bain. Alors que je remplissais la baignoire avec l'eau de la citerne que le soleil avait chauffée, Parker l'aida à retirer ses vêtements. Quand elle ôta sa robe, je notai qu'elle ne portait ni chemisette, ni caleçon. Cela me fit plaisir qu'elle ait suivi cette instruction même en cavale.

Et Parker m'aida à la baigner, chacun d'un côté de la baignoire, usant de savon et de nos mains pour la débarrasser de la crasse de cette journée.

« Pourquoi êtes-vous si gentils avec moi ?

— Devrions-nous te noyer à la place ? » demanda Parker, en passant un linge sur ses pâles épaules.

Elle regarda en direction de l'eau. Il n'y avait pas de bulles, seulement l'odeur de rose qui émanait de la barre de savon dans ma main.

« Je pensais que vous seriez furieux.

— J'étais en colère, avouai-je. Le trajet vers la maison m'a apaisé. »

Je n'avais pas seulement été en colère. J'étais frustré et apeuré et… putain, tellement d'autres émotions m'avaient traversé. En entrant dans la maison des Millard et en entendant un grand fracas depuis le couloir, nous avions suivi les voix. Il y avait plus de deux personnes dans cette pièce verrouillée, ce qui signifiait qu'il s'y tramait plus qu'une discussion entre père et fille. Notre épouse, le peu de temps où nous l'avions connue, s'était montrée encline à se mettre dans des situations impossibles et ce n'était apparemment pas terminé. J'avais lancé un bref regard à Parker qui avait hoché la tête, la mâchoire serrée. Seule une porte nous séparait de Mary. Levant la jambe, je l'avais lancée contre la porte, au niveau de la poignée, faisant éclater le bois.

La scène qui nous attendait derrière la porte était… terrible.

« Nous avions tellement peur que quelque chose te soit arrivé. Que Benson—»

Parker n'en dit pas plus, il mit la tête de Mary en arrière pour lui laver les cheveux. Dans cette position, je vis que son cou ne portait aucune marque de l'attaque.

« Ca va mieux ? » demanda Parker, faisant couler l'eau sur les longues mèches quand il eut fini.

J'étais content de regarder.

Elle acquiesça dans un petit sourire. « Beaucoup mieux.

— Bien, alors il est temps de recevoir ta punition, dis-je en me levant et attrapant une serviette de bain du tabouret.

— Punition ? » demanda Mary en me regardant, les sourcils froncés.

Elle était parfaite. Entière. Saine et sauve. Ses cheveux étaient une masse humide sur son épaule. Ses joues avaient rougi, une vision bien plus agréable que la veille où elles étaient livides, sous l'effet du choc. Ses tétons étaient pleins et, plus bas, je pouvais distinguer une bande de poils clairs au sommet de sa chatte. Il me tardait de me glisser en elle, de m'y perdre. En se levant, Parker remit sa queue en place dans son pantalon et je sus qu'il pensait la même chose. Le moment était venu de la prendre tous les deux, de la conquérir complètement. Mais cela devrait attendre.

« Pourquoi dois-je être punie ? »

Je lui tendis la serviette après que Parker l'ait aidée à sortir de la baignoire et enroulée dedans. Elle en prit les coins pour les croiser sur sa poitrine mais le tissu se trempa instantanément et s'accrocha à chacune de ses courbes.

« Pourquoi ? » demanda Parker. Il se déshabilla avant de sauter dans a baignoire. « D'après ton petit mot, tu allais à Butte. Butte ! Nous ne savions pas où tu étais et avons dû retourner au bordel pour savoir où te trouver. Et plus que toute autre femme du Territoire, tu es bien placée pour savoir quel genre d'hommes fréquentent cet endroit. »

Il attrapa une barre de savon non parfumé et frotta son corps avec.

« J'y étais en sécurité durant toute ma vie, répliqua-t-elle, en regardant les mains de Parker en action. Jusqu'à ce que je vous épouse, j'ai toujours habité à Butte. Et je n'ai jamais eu de chaperon pour me raccompagner après l'école.

— Avant, tu n'étais pas mariée à nous et tu n'étais pas sous notre protection, ajoutai-je, en allant m'asseoir sur le banc près de la fenêtre pour retirer mes bottes. Et te rendre seule à la maison close n'a pas été ta seule prise de risque. Tu as voyagé jusqu'à Butte toute seule, et tu es allée affronter ton père. Toujours seule ! Tu n'étais pas préparée aux pires conséquences. »

Parker se leva et s'extirpa de la baignoire. Il se saisit d'une autre serviette de bain et commença à se sécher.

« As-tu seulement idée de ce qui aurait pu t'arriver en chemin vers Butte ? » Parker raccrocha la serviette et mit les mains sur ses hanches. Il ne prit la peine de remettre ses habits, ils ne lui serviraient à rien dans la chambre. « Tu aurais pu tomber de cheval. Te faire mordre par un serpent à sonnette. Rencontrer des bandits ! »

Je n'étais pas friand de sauter dans une eau déjà usée, mais je voulais me décrasser avant de baiser Mary et j'étais pressé. Je sautai dans la baignoire et me frottai vigoureusement.

« Je ne savais pas non plus où *vous* étiez et vous deviez partir trois ou quatre jours, répliqua-t-elle, ses mots chargés de sa propre colère. Vous n'êtes pas partis seuls, certes, mais pour combattre des bandits. Des bandits ! Ils portent des armes. Moi, je suis allée voir mon père. *Mon père !*

— Ton père est un enfoiré et il a des fréquentations peu recommandables, » dis-je en rinçant le savon. C'était un bain rapide, seul se tremper dans un ruisseau gelé serait allé plus vite.

« Nous sommes tous les deux militaires, lui répondit Parker. Comme tous les hommes de Bridgewater. Nous sommes de bons tireurs, nous savons combattre un ennemi. Anticiper les imprévus, prévoir toutes les éventualités. Putain, même les inondations. C'était notre métier. Protéger les innocents et combattre l'ennemi, voilà à quoi nous avons été formés. Pour affronter les hommes de Benson, nous n'y sommes pas allés à l'aveugle. Nous étions six, et les hommes qui restaient avec toi connaissaient le plan. Ils savaient où nous étions. »

Je sortis de la baignoire et me séchai à mon tour.

« J'étais bien armée, » argua-t-elle. Elle avait la tête relevée et la couleur de ses joues n'avait plus rien à voir avec celle de l'eau. « J'avais la vérité avec moi. Une dure réalité sur Mr Benson qui allait garantir que mon père ne passe pas d'accord avec lui. Cela aurait assuré que Mr Benson me laisse tranquille. J'aurais été *libre*.

— Et pourquoi tu ne nous as pas parlé de ces faits ? » demandai-je. Quand elle avait livré sa version des faits au shérif, nous avions appris pour la mine épuisée de Benson et des raisons qui l'avaient si désespérément poussé à épouser Mary. « Nous aurions pu t'accompagner voir ton père.

— C'est Chloé qui m'a appris ça, mais vous m'avez rasé la chatte et glissé un gode dans le cul juste après, cela m'a quelque peu distrait et je ne m'en suis souvenu qu'après votre départ.

— Et tu vas être encore distraite dès maintenant. Lâche cette serviette. »

Mary fit comme ordonné et laissa tomber le linge mouillé sur le sol. Elle ne pouvait ignorer nos queues en érection, bien que celles-ci soient toujours dans cet état en sa présence et qu'elle s'y soit habituée.

Il lui prit la main et la guida vers la chambre. Je les suivis pour profiter de la vue de son petit cul absolument parfait, ainsi que les petites fossettes au-dessus.

« Voilà ce qui va se passer, poursuivit Parker, en se dirigeant vers le tiroir pour attraper un gode anal dans la boîte en bois où il les gardait avec la fiole de lubrifiant. Tu vas nous montrer comment tu te mets ce gode entre les fesses, parce que, si tu es une si bonne épouse, c'est ce que tu auras fait pendant notre absence. Ensuite, nous allons te fesser, et tu n'auras pas le droit de jouir.

— Nous savons à quel point tu aimes te faire fesser et à quel point tu aimes avoir quelque chose dans le cul. C'est loin d'être une punition pour toi, ajoutai-je.

— Vous me refuserez mon plaisir ? demanda-t-elle.

— Pour que tu saches ce que nous avons ressenti en

découvrant que tu étais partie. Frustrés, hors de contrôle. Aux abois.

— Et alors, nous te prendrons tous les deux. Sully dans ta chatte, et moi dans ton cul. »

Il nous fallut patienter que Mary accepte sa destinée. Le gode irait dans son cul—nous devions nous assurer qu'elle était vraiment prête à ce que nous la prenions tous les deux —et elle serait fessée.

« Tu veux une fessée d'échauffement avant le gode ? » demanda Parker.

De nous deux, j'étais le plus dominant. Mary venait me trouver quand elle voulait que je la prenne contre le mur ou sur la table de la cuisine pour un petit coup aussi fort que rapide. Quand elle voulait quelque chose de plus doux, elle allait voir Parker, chevauchant sa queue, ou attrapant la tête de lit pour qu'il la prenne par derrière. Il était le plus doux de nous deux, le plus apaisant. Mais aujourd'hui, après ce qui s'était passé, il voulait s'assurer qu'elle comprenne bien la leçon.

En se pinçant les lèvres, elle nous regarda tour à tour, puis le gode anal que Parker tenait dans sa main avant de soupirer. Elle prit l'objet et sauta sur le lit. Parker s'assit à ses côtés et ouvrit la fiole de lubrifiant pendant qu'elle s'allongeait sur le dos.

« Je préférerais que ce soit toi qui le fasse, » confia-t-elle. Elle n'était pas sentimentale. Elle n'était pas effarouchée par les choses très charnelles que nous faisions ensemble. Elle aimait avoir un gode entre les fesses et elle aimait que nous prenions les choses en main. Ce qu'elle ne semblait pas réaliser, c'était que bien que ce soit elle qui le mette, c'est nous qui étions aux commandes.

Posant une main sur son genou, Parker le tira vers lui et Mary ouvrit les jambes. Sa chatte parfaite bien en vue.

Je restais debout à l'extrémité du lit, mes mains agrippant la barre du pied de lit en la regardant. C'était une torture de résister à la tentation de grimper sur le lit et me fondre en elle, là tout de suite. Elle était mouillée, je sentais les replis de sa féminité déjà glissants. Elle serait chaude et elle s'enroulerait parfaitement autour de ma queue, son corps parfait aspirant ma semence jusque dans mes couilles pendant qu'elle jouirait.

« Pendant notre absence, je pensais à toi dans ce lit, utilisant ce gode toute seule, lui dit Parker. C'était difficile de mettre le plus grand ?

— Au début. Il a suffi d'un peu de temps, » avoua-t-elle.

Parker grogna. « Je pourrais jouir rien qu'en t'imaginant le mettre en poussant de petits gémissements. Tu vas nous montrer comment tu as fait. »

15

$\mathcal{S}$ULLY

Elle avait dû réaliser que cela nous ferait plaisir, ou qu'elle détenait sur nous un certain pouvoir, car elle enduisit deux doigts de lubrifiant pour en maculer le gode anal. Remontant ses genoux sur sa poitrine, elle vint l'appuyer contre l'étoile rosée de son cul.

On aurait pu frapper à la porte. Merde, un ouragan aurait pu s'abattre sur la maison que ni Parker, ni moi-même n'aurions remarqué quoi que ce soit. C'était une vision de rêve que de voir Mary s'enfiler cet objet. Il ne rentra pas facilement, mais Mary respira profondément, poussant d'avant en arrière jusqu'à qu'il l'ait assez étirée pour se mettre en place.

Elle reposa ses pieds sur le lit en soufflant. Je la regardai. Elle venait de se prendre le plus gros des godes, cela voulait dire qu'elle était prête à accueillir nos queues. Nous allions pouvoir la conquérir, enfin.

« C'est bien, » dit Parker quand elle eut fini. Il testa l'assise du gode et elle gémit. Elle rougit des joues jusqu'à la poitrine. Toute sa peau se couvrit d'une ravissante teinte rosée. Satisfait, il donna un petit mouvement sur le gode, faisant jaillir un petit halètement de ses lèvres. « Reste au bord du lit. Penche-toi sur tes avant-bras. »

Prudemment, elle se leva et se pencha par-dessus le lit. Parker prit un coussin et le plaça juste en-dessous pour qu'elle y pose ses bras, un petit rehaussement qui releva son cul dans la plus parfaite des positions.

Elles avaient les fesses rougies, ses cheveux à moitié secs dessinaient des courbes dans son dos. Ses tétons n'étaient plus que de petits points et ses yeux étaient remplis de désir.

« Nous avons épousé une vilaine petite fille, dit Parker en se caressant. Elle aime avoir un gode entre les fesses. Tu es prête à prendre ma queue, là en bas. »

Mary regarda Parker agripper son membre et en essuyer le fluide clair qui perlait à son extrémité. Elle gémit. « Oui. »

Parker se leva et caressa ses chairs tendres. Je fis le tour et aperçus la poignée du gode lui écartant les fesses, ainsi que sa chatte ouverte. « Alors donnons vite une jolie couleur rose à ce petit cul. »

Une main posée sur son dos, Parker la guida pour qu'elle soit en bonne position.

Je grognai, ma queue dans la main. Mes couilles se contractaient et j'en serrai fort la tête évasée pour ne pas jouir en la regardant. « Tu es tellement belle, ma chérie. Nous aimons ça que tu sois aussi coquine. *Notre* petite coquine. »

La main de Parker se posa sur un de ses fesses et la souleva. Elle se raidit, sachant ce qui allait se passer, mais elle haleta tout de même quand sa main s'abattit. Une marque rose apparut instantanément sur la chair blanche.

« Parker ! » cria-t-elle, en regardant par-dessus son épaule. Ses mains serraient fort la couverture.

Il sourit. « Tu aimes ça, n'est-ce-pas ? »

Elle plissa les yeux et le fusilla du regard. « Oui, et tu le sais. »

Il la fessa encore, sur une zone blanche qui ne demandait qu'à rougir. « Profites-en autant que tu veux, mais ne jouis pas. »

Parker la mit alors à l'épreuve, la fessant doucement mais méthodiquement.

« A quel point elle aime ça ? demandai-je. Parker retira sa main et je glissai immédiatement la mienne contre son intimité. Je la sentis mouillée et la sensation de sa chatte aspirant goulument mes deux doigts s'avéra déjà trop à supporter. Mary gémit en jeta sa tête en arrière, preuve manifeste de son désir de jouir, mais je ne pouvais lui donner. Elle devait d'abord apprendre une leçon, et je retirai ma main.

« Elle est débordante, dis-je, la voix rauque de mon propre désir.

— Je vous en prie, » haleta Mary.

Parker lui donna une autre fessée. « Qu'est-ce-que tu veux ? demanda-t-il.

— Toi. »

Ce mot. Mon dieu ce mot. Il était impitoyable et doux à la fois, tentateur et parfait. Mais Parker devait être encore plus sévère, car il répondit. « Pas maintenant. »

Il la fessa encore et cela fut manifeste que Mary n'en pouvait plus. Elle pouvait jouir du simple fait de se faire fesser, encore que le gode dans son cul devait y être pour quelque chose. Son corps était si sensible, si réceptif. Elle voulait tout ce que nous faisions avec elle.

« J'ai ... j'ai besoin. Je ne peux pas—»

Parker leva encore la main. « Mais si tu peux. Et tu vas le faire. Tu ne dois pas jouir.

— Pourquoi ? » cria-t-elle. Des larmes coulaient le long de ses joues. Ses cheveux étaient quasiment secs désormais et ils venaient s'emmêler dans la sueur de son visage.

« Tu as besoin de nous ?

— Oui !

— Tu es frustrée ? »

Mary sanglota et essaya de se retourner mais je posai la main sur son dos. Nous arrivions au paroxysme de notre leçon et il était temps qu'elle sache que j'étais tout autant impliqué que Parker. Il l'avait fessée, mais cette histoire nous concernait tous les trois.

« Bien sûr que j'ai besoin de vous. Vous ne me laissez pas jouir !

— C'est ce que nous avons ressenti ma chérie, quand nous avons trouvé ton petit mot, dit-il. Quand nous avons compris que tu étais partie, nous étions terriblement frustrés. Nous avions besoin de toi, et tu n'étais pas là.

— Nous étions hors de contrôle. Impuissants. Désespérés. »

Elle s'effondra sur le lit en pleurant. « Je suis désolée. »

Je m'assis à côté d'elle, faisant ployer le lit et l'assis sur mes genoux. Elle haleta quand son derrière meurtri toucha mes cuisses, mais elle entoura ses bras autour de moi pour pleurer.

Parker vint s'asseoir à côté et lui caressa les cheveux.

« J'étais toute seule. Séparée de vous. » Difficile de discerner ses mots entre ses larmes, alors je me contentai de passer ma main dans son dos jusqu'à ce qu'elle se calme.

« Raconte-nous, demanda Parker.

— Quand nous avons passé la nuit à la maison close, vous avez fait confiance à mon jugement. Nous n'étions pas mariés alors, mais je me sentais associée à la décision. Qui *nous* concernait. Mais pour vous occuper des hommes de Mr Benson, vous m'avez laissée de côté.

— C'était dangereux, répondis-je. Tu ne dois courir aucun danger. Nous ne transigerons pas là-dessus. »

— Oui, mais j'aurais aimé être associée. Alors que ces hommes étaient dangereux, il y avait une solution simple. Une que vous auriez pu mettre en œuvre avec moi. »

Les arguments de Mary étaient recevables. Bien que nous ne transigerions jamais sur sa sécurité, elle était intelligente et pouvait être associée aux décisions la concernant. Ensemble.

Parker me regarda. Il lisait dans mes pensées, dirait-on, car il dit. « Alors il nous faudra mieux communiquer. Nous devons t'associer dans les conversations portant sur des activités potentiellement dangereuses.

— Cela ne signifie pas pour autant que participeras aux dites activités, clarifiai-je.

— En retour, ajouta Parker en lui relevant la tête pour qu'elle le regarde dans les yeux. Tu ne partiras plus toute seule comme ça. Comme nous l'avons dit, tu as laissé un mot, mais aucun des hommes de Bridgewater ne se lancerait seul dans un tel périple, et jamais sans arme.

— Très bien, répondit Mary. Je suis désolée. Vraiment. Je comprends que vous soyez en colère et pourquoi je devais être punie. »

Je l'embrassai sur le dessus de la tête, respirant le parfum de rose. « Tout à l'heure, tu présenteras aussi des excuses à Kane. »

Elle acquiesça, sa tête rebondissant contre mes lèvres.

Parker se leva et se pencha, poussant Mary sur le dos et s'allongeant sur elle.

J'observai son visage couvert de larmes, ses yeux si

clairs. Sa peau toujours rougie, son excitation certes diminuée mais pas complètement. « Maintenant, tu disais avoir besoin de nous pour quelque chose ? »

Une étincelle revint dans ses yeux et un sourire radieux lui barra le visage. Elle hocha la tête, ce qui me fit froncer les sourcils.

« Je n'ai pas besoin de quelque chose de toi. » Elle leva une main vers Parker. « Ni de toi.

— Tu as tout l'argent du monde et pourtant tu veux quelque chose qui n'a aucune valeur et qui ne s'achète pas, murmurai-je. Tu es incroyable. »

Elle leva encore la main et caressa mes cheveux avant de me prendre la joue. « Aucune valeur ? Je dirais que ce que nous partageons n'a pas de prix. » Elle tourna la tête et regarda Parker. « Je suis prête. »

Parker s'accroupit à côté du lit. « Oh oui tu l'es. Tu es prête pour tes hommes.

— Tu nous appartiens, Mary, ajoutai-je. C'est le moment de te prendre tous les deux, ensemble. »

16

Mary

Mon corps picotait partout. Mon derrière était en feu et brulait des assauts de Parker. Il n'y avait pas été de main morte, ce n'était pas un jeu. C'était une punition, pure et simple. Pour autant, mon corps réagissait toujours, il en voulait toujours plus. J'aimais qu'ils soient sauvages. J'aimais qu'ils me donnent des fessées. J'aimais qu'ils mettent leurs doigts à l'intérieur de moi. Je n'aimais pas qu'on m'empêche de jouir. J'en avais été si proche, mais ils avaient dû le sentir et tout arrêté. Encore et encore, ils me tourmentaient en me faisant miroiter le plaisir convoité sans me le donner.

Je me sentais frénétique et désespérée, hors de contrôle et complètement frustrée. Je comprenais ce qu'ils avaient dû ressentir en découvrant que j'étais partie à Butte. Oui, ils étaient surprotecteurs et dominants, mais j'avais été inconsciente. Je ne voulais pas ressentir cela une nouvelle fois, tout comme je ne voulais pas qu'ils ressentent un tel sentiment.

Benson mort... je frissonnai. Il était mauvais et je n'arrivais toujours pas à croire que mon père l'avait tué. Peut-être que l'homme réservait des surprises, y compris sur notre relation, mais ce n'était pas le moment de les découvrir.

C'était le moment de m'unir à Parker et Sully. Tous les trois. J'avais continué d'entraîner mon cul avec le plus large de godes pour accueillir leurs queues, et maintenant, je pouvais enfin les accueillir. Je voulais les prendre tous les deux.

J'en avais besoin. J'avais besoin d'eux.

Il n'y avait qu'un seul mot que je puisse prononcer, le mot qu'ils attendaient avec impatience. « Oui. »

Une fois ce petit mot expiré, on me souleva et me déposa dans le lit comme si je ne pesais rien. Sully s'allongea sur le dos, la tête dans les oreillers, son corps ouvert comme une offrande. Une offrande que j'étais plus que ravie d'accepter.

Ma chatte se contractait du désir d'accueillir cette énorme queue. Quelques gouttes de fluide clair s'échappaient de sa pointe et coulait le long de la veine qui pulsait sur toute sa longueur. Je m'agenouillai sur le lit, sentant le corps chaud de Parker contre mon dos. Il empoigna mes seins, en caressant les tétons pendant que je bavais sur la queue de Sully. J'en avais besoin. Je voulais gouter cette petite perle, la sentir chaude et épaisse dans ma bouche.

Et c'est ce que je lui dis.

Les yeux de Sully devinrent encore plus sombres, chargés de la chaleur du désir.

Parker me libéra de ses mains et je me penchai pour prendre Sully dans ma main, et promener ma langue sur la pointe de sa queue. J'en voulais plus. Cette petite goutte était pour moi, pour moi seule. Ouvrant grande la bouche, j'y pris la grosse tête de Sully et l'aspirai avidement. Impossible de le prendre tout entier dans ma bouche, alors je le caressai de ma main tout en remuant la tête de haut en bas. Le corps de Sully se raidit sous ce geste.

Je ne voyais pas ce que faisait Parker, mais je sentis bouger le lit. Alors que je prenais Sully toujours plus loin dans ma bouche, je sentis les mains de Parker sur ma taille, insistant pour que j'écarte les genoux.

Quand je sentis la langue de Parker sur ma chatte, en léchant les contours avant de remonter sur mon clitoris, je grognai. Ce qui naturellement fit aussi grogner Sully.

« Recommence, Parker, dit Sully. Peu importe ce que tu as fait, je la sens palpiter autour de ma queue. »

Parker donna un nouveau coup de langue à mon clitoris et le prit dans sa bouche. Je grognai de nouveau, imitée par Sully.

« La fessée l'a fait mouiller. Je la nettoie avec ma langue. Pour que nous puissions encore la salir. » Peut-être à cause des mots de Parker, ou parce que je palpitai trop fort autour de la queue de Sully, il tira doucement sur mes cheveux pour que je relève la tête de sa queue.

« Je veux jouir avec ma queue profondément enfouie dans ta chatte. Chevauche-moi. »

Parker me donna un dernier coup de langue, un dernier baiser sur l'intérieur de ma cuisse avant de se redresser.

Je levai la jambe par-dessus son ventre plat, mes mains posées sur son torse pour l'équilibre. La chaleur de sa peau, le picotement de ses poils, me rappelèrent à quel point il était grand. Quel homme. Il était viril et dangereux. Puissant et dominateur. Et pourtant je l'avais réduit à des grognements de plaisir en prenant sa queue dans ma bouche.

Nous pouvions nous réduire l'un et l'autre à nos plus bas instincts, nous perdre dans ce que nous nous faisions. Nous nous languissions, nous désirions et nous donnions.

En se redressant, je passai au-dessus de sa queue et m'y

installai, la grosse tête caressant l'entrée de ma chatte. J'étais glissante et mouillée et impatiente de la prendre. En descendant, je sentis les contours de ma chatte s'écarter pour accueillir sa queue et s'étirer alors qu'il me remplissait.

Je laissai tomber ma tête en arrière à cette délicieuse sensation. Chaud en moi, chaud sous mes paumes, chaud entre mes cuisses. Toujours plus bas, je descendis jusqu'à ce que je sois parfaitement assise sur ses cuisses. Ce faisant, le gode rivé dans mon cul le heurta et j'haletai de plaisir. Je me sentais tellement à l'étroit, si remplie de sa queue et de cet objet.

Cela n'était pas assez. J'en voulais encore plus. Alors je commençai à bouger. De haut en bas, bougeant et roulant des hanches pour m'assurer que mon clitoris reste bien contre lui. Je fermai les yeux en gémissant. C'est cela qui m'avait manqué pendant la fessée. De me sentir vide alors que je me sentais si remplie maintenant.

La main de Parker glissa le long de mon dos dans une douce caresse. « Penche-toi en avant ma chérie. »

Tombant sur mes coudes, je vins reposer sur la poitrine de Sully, sa peau luisante de sueur. Le contact de sa poitrine semblait du papier de verre sous mes tétons. Ses mains empoignèrent mes hanches, me gardant en place pendant qu'il m'embrassait. Nos langues se mêlaient, nos souffles également. Nous ne formions qu'un seul tous les deux. Mais deux ne suffisaient pas.

J'avais deux maris et j'avais aussi envie de Parker. D'un geste délicat, il entreprit de retirer le gode de mon cul. Il m'ouvrit grande d'abord mais il glissa en dehors ensuite et je me sentis vide.

Gémissant, je roulai des hanches. Encore. J'en voulais encore.

« Chut.... » chuchota Parker pour m'apaiser.

La bouche de Sully glissa le long de ma joue, puis mon cou alors que je sentis s'enfoncer le lit, Sully déplacer ses jambes pour faire de la place à Parker. Sans plus attendre, je sentis la grosse tête de sa queue rebondir contre mon petit cul indompté. Une sensation glissante et chaleureuse, très différente de la froideur rigide du gode anal.

Sully continua de m'embrasser alors que ses hanches s'inclinaient légèrement, permettant aux murs de ma féminité de s'ouvrir autour de sa queue, tout en restant en place pour Parker.

La pression exercée par la queue de Parker s'accentua et j'interrompis le baiser avec Sully. Je me contentai de respirer et de me sentir en sécurité avec ses bras sur mes hanches. Parker agrippa mon épaule et je me sentis enracinée. J'étais entre eux deux, et ils me rempliraient bientôt.

Et tout d'un coup, mon corps s'abandonna et sa queue franchit la sombre limite de mon cul bien entraîné à l'accepter. Je grognai à cette sensation profonde. Il palpitait et dégageait une telle chaleur. Il était dur, mais doux en même temps. Il avança avant de se retirer, revenant de plus en plus profond jusqu'à ce que lui aussi, soit ancré au plus profond de moi.

Nous respirions fort tous les trois, la sueur maculant notre peau. Ce n'était pas un accouplement virginal. C'était sombre et décadent, mais en même temps le plus aimant et le plus intime des actes. Je laissais ces deux hommes me conquérir, me prendre tous les deux ensemble. Bien qu'ils soient aux commandes, c'est moi qui avais le pouvoir. C'était moi qui nous unissait, corps et âme.

Et une fois la queue de Parker bien enfouie en moi, je renonçai à tout contrôle. Je leur appartenais, épinglée entre ces deux corps massifs, remplie de leurs queues. Empalé, fourrée. Prise. Tant de mots, tant d'émotions pour décrire ce que je ressentais en cet instant, alors je me contentai de poser ma tête sur l'épaule de Sully et de respirer.

Quand Parker commença à se retirer doucement, Sully donna un petit mouvement de hanches, le faisant entrer un peu plus loin. Quand il se retira, Parker me remplit. Ils œuvraient en tandem, deux forces opposées qui s'employaient à m'emmener aux bords du plaisir et même au-delà.

Et facilement. J'étais excitée par leur punition—le ventre de Parker venait heurter mon derrière attendri. Impossible d'oublier leur domination. J'étais sensible et impatiente, mon orgasme attendait, là, aveuglant, sombre et avide.

Je le voulais. J'en avais besoin. J'avais besoin de tout ce que mes hommes me donnaient.

« Prends-le, » dit Sully, comme s'il pouvait sentir que j'étais proche de jouir.

« Oui ! haletai-je.

— Tu nous appartiens, Mary. » La voix de Parker résonnait dans un son guttural.

— Oui ! » répétai-je.

Oui. Oui. Oui.

J'avais besoin qu'on me remplisse, qu'on me baise. J'avais besoin d'être coincée entre deux hommes, c'est là qu'était ma place.

« Je peux jouir ? » demandai-je. Je voulais leur permission, voulais tout leur donner. Il ne me restait que mon propre contrôle et je l'abandonnai quand ils m'indiquèrent que oui. Je leur abandonnai mon corps, ma chatte, mon cul, mon cœur.

« Maintenant, ma chérie. Jouis, et je vais te remplir. »

— Oui. Jouis et serre nos queues en toi. Aspire toute ma semence. Prends là bien profond. »

Des vagues de plaisir commencèrent à me secouer et le

besoin devint trop grand. Je succombai à un plaisir aveuglant. Mon corps se raidit, emprisonnant mon cri dans ma gorge. Je ne pouvais faire autre chose que d'enserrer mes hommes en moi, d'aspirer leur semence de la manière la plus élémentaire.

L'étreinte de Sully s'accentua sur mes cuisses et dans un dernier mouvement, il grogna. Je sentis des jets brulants contre les murs de ma féminité, une saccade après l'autre. Parker suivit immédiatement après, car je sentis sa main serrer plus fort mon épaule et sa queue battre à l'intérieur de mon cul.

J'étais recouverte de leur semence. Ils m'avaient ainsi marquée, comme leur appartenant. Il n'y avait plus de barrières entre nous. Plus de murs. Plus d'ignobles desseins.

Nous étions libres.

Je gémis quand Parker se retira, et soupirai quand Sully se libéra lui aussi, et me lovai dans leurs bras quand ils vinrent m'entourer. Je demeurais immobile entre eux deux qui avaient gardé leurs mains sur moi. Rien ne sous séparerait. Des signes physiques viendraient me le rappeler—un derrière rougi, certainement des bleus sur mes hanches, de la semence s'écoulant de moi, mais je n'en avais même pas besoin, car ils m'avaient donné leurs cœurs tout comme je leur avais offert le mien.

OBTENEZ UN LIVRE GRATUIT !

Abonnez-vous à ma liste de diffusion pour être le premier à connaître les nouveautés, les livres gratuits, les promotions et autres informations de l'auteur.

livresromance.com

CONTACTER VANESSA VALE

Vous pouvez contacter Vanessa Vale via son site internet, sa page Facebook, son compte Instagram, et son profil Goodreads via les liens suivants :

Abonnez-vous à ma liste de lecteurs VIP français ici :
livresromance.com
Web :
https://vanessavaleauthor.com
Facebook :
https://www.facebook.com/vanessavaleauthor/
Instagram :
https://instagram.com/vanessa_vale_author
Goodreads :
https://www.goodreads.com/author/show/9835889.Vanessa_Vale

À PROPOS DE L'AUTEUR

Vanessa Vale vit aux États-Unis et elle est l'auteur de plus de 60 best-sellers romantiques et sexy, dont notamment sa populaire série de romans historiques Bridgewater et ses romances contemporaines érotiques mettant en vedette de mauvais garçons qui n'ont pas peur de dévoiler leurs sentiments. Quand elle n'écrit pas, Vanessa savoure la folie que constitue le fait d'élever deux garçons, tout en essayant de chercher à savoir combien de repas elle peut préparer avec une cocotte-minute et donne des cours de karaté. Même si elle n'est pas aussi experte en réseaux sociaux que ses enfants, elle aime interagir avec les lecteurs.

Elle est présente sur Facebook et Instagram.
Rejoignez la liste de diffusion de Vanessa !

www.ingramcontent.com/pod-product-compliance
Lightning Source LLC
LaVergne TN
LVHW011835060526
838200LV00053B/4035